I0556594

Illustrations : ELB / CM
emilieleboulaire@gmail.com

"Aimer et être libre.
Le reste, ce n'est que des secondes vides qui se perdent."
Cyril Massarotto

A mes amies.
Merci d'être là…

Chapitre 1

21 mai

Un rayon de soleil. Un tout petit. Mais un du genre qui tombe à pic.

Charles se baissa pour poser un genou au sol. Il approcha son œil du viseur, fit rapidement la mise au point et shoota. L'homme était dans la boîte. Dans toute sa misère. Dans le peu de dignité qui lui restait. Dans toute la résignation de son regard. Dans toute l'humanité qu'il s'attachait à ne pas perdre. Il avait regardé tout droit, au fond de l'objectif, avec cette insolence de ceux qui ne risquent rien. Il avait laissé cet inconnu lui voler un morceau de lui, avec une indifférence tissée d'une solitude qui l'habitait depuis trop longtemps. Ce regard en disait tant que c'en était dérangeant. Parce qu'on pouvait y voir tout ce qui fait peur et qu'on aimerait ne jamais connaître.

Charles aimait ces regards. Il les cherchait. Il les traquait. Dans Paris et ailleurs. Partout où il le pouvait. C'était presque une quête, qui avait commencé par hasard.

Charles était passionné de photographie depuis de nombreuses années. Tout petit déjà, il faisait preuve d'un sens aigu de l'esthétique. Il était doué en arts plastiques, il savait rendre les choses plus belles. Son père aurait voulu qu'il devienne architecte, parce que cela collait bien avec ses aptitudes naturelles. Et puis c'était un métier noble. Mais Charles n'était pas fait pour les études, et son père avait bien dû s'y faire. C'était son frère Rémi qui avait pris cette voie. Non pas pour satisfaire l'égo de leur père, mais parce qu'il aimait réellement ce métier. Il était plutôt doué, et il fallait reconnaître que son bagou naturel lui était d'une aide précieuse quand il s'agissait de remporter un appel d'offre. Chez Rémi, ce n'était pas le sens de l'esthétique qui primait, mais plutôt la précision, la rigueur et ses qualités d'organisation. Fédérer une équipe autour d'un chantier, faire en sorte que les délais soient respectés, démêler des considérations juridiques dont personne ne venait à bout, c'était son truc. Il gérait son business et ses équipes d'une main de fer sans se départir du sourire de celui qui sait qu'il va y arriver. Il était exigeant, mais juste. Ambitieux, mais réaliste. Et pour cela, il était respecté.

On pouvait également dire d'Henri, le frère aîné de Charles, qu'il avait réussi. Ses brillantes études de médecine, ses années de pratique acharnée et ses travaux de recherche en avaient fait un dermatologue de renom sur la place parisienne. Henri avait toujours été ambitieux. A tous les niveaux. Il visait la reconnaissance, l'argent, l'autorité, le prestige. A cinquante ans, il avait tout. Il l'avait bien mérité après toutes ces nuits de garde à l'hôpital, toutes ces heures de lecture et d'expérimentations, toutes ces conférences aux quatre coins de la France. Il fallait maintenant plusieurs mois pour obtenir un rendez-vous à son cabinet et il avait renoncé à tenter de caser de nouveaux patients dans son agenda depuis belle lurette. Les revenus conséquents qu'il engrangeait depuis toutes ces années lui permettaient de faire vivre plus que confortablement sa femme et ses quatre enfants. Anne, son épouse, qui n'avait jamais travaillé, avait dirigé leur vie familiale à la manière d'un capitaine menant son navire entre jours de soleil et tempêtes. Henri avait fini par perdre le sens des réalités pour tout ce qui concernait la vie quotidienne, se reposant pleinement sur sa femme. Sans en avoir conscience, il était devenu prétentieux. Pour lui, les deux semaines au soleil en hiver dans des hôtels de luxe étaient tout ce qu'il y avait de plus normal, tout comme le nouvel an à Megève et l'été en croisière. Sans parler de sa Porsche qu'il changeait tous les deux ans. Il étalait sa richesse presque autant que sa science sans réaliser que c'était déplacé. Personne n'osait le lui en faire le reproche, même si cela lui aurait sans doute rendu service.

Les situations professionnelles d'Henri et de Rémi faisaient la fierté de Georges, leur père, pour qui on existait vraiment que si on avait un vrai métier. Pour avoir grâce aux yeux de Georges, qui avait été élevé à l'ancienne, il fallait être médecin, ingénieur, avocat, architecte ou chef d'entreprise. Aucun des nouveaux métiers, aussi intéressants ou utiles soient-ils, ne pesaient dans la balance. Sa façon de voir, et donc de juger l'autre, était plutôt manichéenne. On a avait réussi… ou pas. Manque de chance, Charles était dans la catégorie des « ou pas »… Il occupait un poste d'agent d'accueil dans un petit musée au cœur du Marais. Entouré de peintures, il aimait ses journées passées à renseigner, à expliquer, à faire découvrir, à ranger, à observer. Il était polyvalent, et avec les années, sa direction lui avait confié des missions plus diversifiées. La plupart du temps, il ouvrait et fermait le musée. Il aimait ces heures de calme sans visiteur, quand il était seul dans l'immense hôtel particulier qui abritait des œuvres d'art aussi éclectiques que surprenantes. Il en profitait pour prendre quelques minutes qu'il passait à faire le tour du musée et à rester dans la pénombre pour se plonger avec délectation dans la solitude d'un moment bien à lui. Il aimait aussi rencontrer les visiteurs. Il aurait pu leur faire découvrir le musée les yeux fermés. Et sans doute aussi leur en parler pendant des heures.

Tout avait commencé le jour de ses quatorze ans, lorsque sa marraine lui avait offert son premier appareil photo. D'abord surpris par ce cadeau, il en avait rapidement compris le fonctionnement et l'intérêt, pour finir par le transporter partout où il allait. Sa marraine avait eu du flair : les photos de Charles montrèrent très rapidement un certain talent créatif et artistique. Il s'était longtemps consacré aux paysages, privilégiant les couleurs vives, les contrastes et les grands espaces. Sans surprise, sa collection regorgeait de couchers de soleil, de bords de mer, de champs de blé en feu, d'eaux cristallines et de marais désertiques. Chaque année, toute la famille visitait un nouveau pays, ce qui donnait à Charles l'occasion de capturer des instants inédits. Ses parents ne prêtèrent guère attention à cette passion dévorante jusqu'au jour où les résultats scolaires du jeune homme en pâtirent. Comme Charles préférait arpenter les rues et les parcs de Paris à la recherche d'un coin de nature insolite, les devoirs passaient au second plan. A la lecture du bulletin du premier trimestre de seconde de son fils, Georges piqua une crise et, pour marquer le coup, lui confisqua son appareil photo.

Charles récupéra son appareil un mois plus tard et son approche de la photo changea radicalement. Il laissa tomber les paysages au profit des portraits. Tout le monde y passa. Sa famille et ses amis d'abord, puis des inconnus. Au début, il demanda à ses sujets de prendre la pose, ce qui ne le satisfit pas pleinement car il aimait le naturel, les émotions brutes, le côté sans filtre de la photographie. Alors il se mit à photographier les gens à leur insu. Comme ça, sans prévenir, au gré de ses rencontres et de son inspiration. Il aimait capturer l'instant, le sourire ou le regard du moment. Il s'attachait à photographier des gens ou des situations qui l'interpelaient. Il avait d'abord traqué les amitiés, réalisant de magnifiques clichés de moments partagés dans lesquels on lisait la complicité, le rire et la connivence. Puis il s'était attaqué aux tristesses. C'était plus difficile car il avait l'horrible sensation de s'immiscer dans la vie des gens, encore plus que pour tout le reste. Mal à l'aise, il prenait ses photos rapidement, avec beaucoup de discrétion. Le plus souvent, il ne demandait aucune autorisation pour le faire. Mais parfois, il n'osait pas. C'était trop intime pour lui. Après avoir laissé passer quelques belles occasions, il avait fini par prendre son courage à deux mains pour demander l'autorisation à ses futurs sujets de les photographier.

Il se souvenait tout particulièrement d'une jeune fille qu'il avait croisée sur l'avenue des Champs-Élysées. C'était en février. L'avenue grouillait de monde malgré le froid. Il l'avait d'abord aperçue de dos, frêle, voûtée, noyée dans un manteau trop grand pour elle. Il avait senti sa fragilité. Il avait accéléré le pas pour la dépasser et s'asseoir sur un banc un peu plus loin. En découvrant son visage, son cœur avait battu un peu plus fort. Ses mains étaient devenues moites et son appareil photo soudain très lourd. Elle avait tant de désespoir dans le regard qu'il en était resté glacé. Les yeux de la jeune fille étaient perdus dans le vague. Ils transpiraient de douleur. Alors, après s'être ressaisi et armé d'une bonne dose de courage, Charles s'était approché d'elle, maladroitement.

— Pardon, avait-il murmuré en effleurant son épaule.

Elle s'était arrêtée, avait levé les yeux, n'avait pas dit un mot.

— Je… Je suis désolé de vous aborder comme ça, avait-il repris en balayant vaguement l'avenue de la main. Je suis photographe.

Elle n'avait pas plus répondu. On aurait pu croire qu'elle ne le voyait pas. Comme le silence s'éternisait, il avait ajouté, mal à l'aise :

— Je… J'aimerais vous prendre en photo. Si vous n'êtes pas d'accord, ce n'est pas grave. Je n'ai pas pour habitude d'aborder les gens...

Elle avait réagi.

— Pourquoi ?

— Pourquoi… quoi ?

— Bah pourquoi ? Je ne suis pas top model, avait-elle répliqué à la limite de l'agressivité.

Charles avait failli faire demi-tour.

— Tant mieux ! Je déteste les filles parfaites, avait-il hasardé sur le ton de la plaisanterie.

Evidemment, sa tentative d'humour s'était soldée par un flop grotesque.

— Non… Je ne sais pas, avait-il repris douloureusement. Il y a un truc chez vous.

— Quoi ?

— De la tristesse, du chagrin. Ca se lit sur votre visage, dans vos yeux, dans votre allure, dans la façon que vous avez de marcher.

— Hum…, avait-elle marmonné.

Il n'avait pas répondu, en espérant que la suite arriverait naturellement.

— Et quoi ? Avait-elle répondu sur la défensive. Vous voulez savoir pourquoi c'est ça ?

Elle était piquante et vive.

Comme il n'avait encore une fois pas répondu, elle avait continué.

— Et en quoi ça vous intéresse ? Le malheur des autres vous fait triper ?

— Pas du tout. C'est juste que je pense que je peux faire quelque chose d'intéressant.

La tension était imperceptiblement retombée.

— Hum… Et vous en faites quoi de vos photos ?

— Pas grand-chose. Je les garde surtout pour moi.

— Je croyais que vous étiez photographe ?

Charles s'était senti pris en défaut.

— Pas exactement en fait. Ce n'est pas mon métier, c'est vrai. Mais c'est ma passion. Si je pouvais ne faire que cela de ma vie je vous assure que je le ferais.

— Pourquoi vous ne le faites pas ?

— C'est compliqué… Et puis ça n'a pas d'importance.

Elle avait soupiré dans une grimace qui ne ressemblait à rien.

— OK pour votre photo, avait-elle lâché. Je ne sais même pas pourquoi je vous dis oui alors que je ne vous connais pas et que vous êtes peut-être fou à lier. Je dois être dingue.

— Merci, avait-il simplement répondu sans chercher à la rassurer.

Ils avaient fait plusieurs prises et le cliché tel que Charles le voulait avait rapidement été réalisé. L'émotion était brute, sans cachoterie, sans fioriture, sans masque. La photographie comme

Charles l'aimait : simple et efficace. Il avait montré la photo à la jeune fille à qui il avait arraché un sourire presque vrai.

— Vous êtes doué. Elle est réussie.

Il lui avait souri.

Elle lui avait tendu la main.

— Je m'appelle Hannah.

— Et moi Charles.

— Eh bien, Charles, je vous souhaite beaucoup de succès avec vos photos.

Charles avait grimacé et ouvert la bouche pour répondre. Elle l'avait interrompu.

— Je sais. Vous ne pouvez pas. N'empêche que vous devriez y réfléchir. Je dois vous laisser. Bonne chance.

Avant qu'il puisse lui dire quoi que ce soit, elle avait tourné les talons et s'était éloignée. Il était resté planté sur le trottoir à la regarder partir dans son manteau flottant. Évidemment, elle avait vu juste. Il aurait adoré que la photographie devienne son métier. Mais quand il lui avait dit que ce n'était pas possible, il n'avait pas menti.

Dans la famille de Charles, les apparences comptaient. L'estime et le respect que l'on portait aux autres étaient proportionnels à leur statut. Il fallait dire que ce mode de pensée était ancré dans la famille depuis bien longtemps. Jeanne et Georges, les parents de Charles, avaient respectivement quatre-vingt un et soixante-dix huit ans. Ils avaient connu la guerre avec tout ce que cela sous-entendait. Pour beaucoup, la guerre est synonyme de privations, d'angoisse, de perte, d'horreur. Et puis il y a les autres, les profiteurs. Ceux qui sont assez malins, ou assez malhonnêtes, pour parvenir à tirer parti de tout en toutes circonstances. Les familles de Jeanne et de Georges faisaient partie de ces gens-là.

Les parents de Jeanne tenaient une petite épicerie dans un quartier populaire de Paris. Ceux de Georges une boutique de vêtements. Leurs échoppes se situaient à quelques numéros l'une de l'autre. Le père de Georges n'avait tenu que deux mois sur les champs de bataille d'où il était revenu gravement blessé à la jambe droite. Au-delà des stigmates physiques qu'il conserverait à vie, il gardait en lui une haine et un dégoût de la race humaine. Sans plus aucune humanité ni aucune pudeur, il avançait désormais dans la vie comme un guerrier en territoire conquis. Plus rien ne lui faisait peur. Plus rien ne pouvait l'arrêter. Il en était de même pour le père de Jeanne qui, disposant de suffisamment de relations pour s'être épargné les désagréments de la mobilisation, jouissait naturellement d'un caractère fourbe et véreux. Ces deux-là s'entendirent donc à merveille quand ils eurent la possibilité de profiter du système et de contourner les lois. Ils s'engagèrent presque par mégarde dans le marché noir, pensant pouvoir mettre un peu de beurre dans les épinards, pour finir par en connaître toutes les ficelles et s'enrichir grassement. Leur comportement était indécent, leur attitude ignoble. L'argent rentrait. Ils considéraient cela comme une revanche et donc un juste retour des choses. On aurait presque pu comprendre le père de Georges qui trainerait la patte toute sa vie, mais pour celui de Jeanne, c'était du pur opportunisme, ce qui n'était d'ailleurs pas surprenant de sa part. Les rares valeurs morales qui avaient pu les habiter avant la guerre s'étaient fait la belle et profiter de la misère de leurs concitoyens ne leur posait aucun problème. Quoi qu'il en soit, ils engrangèrent un maximum d'argent et ce jusqu'à la fin de la guerre. Après cela, la fortune fit perdre la tête au père de Georges qui vit son pactole fondre comme neige au soleil et qui finit par se suicider, laissant un fils condamné à s'endurcir pour secourir sa mère dévastée par le chagrin. Beaucoup plus malin que son compère, le père de Jeanne se fit discret en investissant dans l'immobilier dont la flambée des prix lui permit de démultiplier sa fortune. Et comme il n'avait qu'une fille, Jeanne hérita de tous ses biens, se retrouvant à la tête d'un empire.

Pendant la guerre, ignorant les magouilles de leurs parents, Jeanne et Georges finirent par devenir amis. Jeanne avait une dizaine d'années, Georges un peu plus, avec comme point commun la solitude. Enfants de riches dans un monde de misère, l'intégration était compliquée. D'autant plus que leurs parents préféraient les voir à la maison plutôt qu'à traîner avec d'autres auprès de qui ils auraient pu trahir leurs secrets. Ils passaient leurs journées ensemble, à jouer en rêvant de jours meilleurs. Jeanne aspirait à devenir coiffeuse et Georges ne pensait qu'à partir au front. Et puis la guerre se termina. La vie reprit son cours petit à petit et les enfants devinrent adolescents. La solitude était toujours là. Le seul moyen de la combler aussi. Ils s'embrassèrent un jour d'avril, sur les bords de la Seine, parce que c'était leur destin, parce qu'ils n'auraient pas songé à imaginer autre chose, parce que c'était ainsi. Ils se marièrent, Jeanne hérita de la fortune de son père, et comme c'était dans l'ordre des choses, Henri vit le jour en 1965, suivi cinq ans plus tard de Charles, puis deux ans plus tard d'un accident que l'on appela Rémi. Henri remplit à la perfection son rôle d'aîné modèle, Rémi celui de benjamin dissident. En bon deuxième, Charles eut plus de mal à trouver sa place. Il fallait dire que ses parents ne lui laissaient pas l'opportunité d'y parvenir. Leur éducation était stricte, dictée par le rang qu'ils considéraient devoir tenir au vu de leur fortune et par la dureté de Georges héritée de ses années de galère à remplacer maladroitement son père parti trop tôt. Pour eux c'était simple : il fallait réussir, quoi qu'il en coûte. Et réussir signifiait avoir un vrai métier, gagner de l'argent, se marier et élever ses enfants dans le respect de valeurs strictes. Peu importait le reste. Si Henri et Rémi remplissaient tous les critères haut la main, c'était loin d'être le cas de Charles qui cumulait les bévues. Avec son travail qui n'en était pas un aux yeux de ses parents, le timide salaire qui allait avec, et sa non-parentalité, c'était beaucoup à avaler pour Jeanne et Georges qui lui en tenaient ostensiblement rigueur. Déjà au lycée sa nonchalance faisait des vagues. Seuls les cours d'histoire et de philosophie l'intéressaient. Le reste était trop abstrait, trop inutile. Bien-entendu, son investissement en classe était à la hauteur de sa motivation, c'est-à-dire proche du néant. Fort heureusement, son intelligence compensait son manque de travail. Mais cela ne suffit pas à lui permettre d'accéder aux études supérieures que ses parents avaient imaginées pour lui. Il réussit tout de même à intégrer la faculté d'histoire où il renforça sa culture générale sans apprendre pour autant un métier. Diplômé, mais toujours aussi paumé et au chômage, son premier emploi d'agent d'accueil dans un musée d'art contemporain fut presque accueilli comme une aubaine. Depuis, il avait changé d'employeur et il avait progressé dans son métier. Il aurait sans doute pu évoluer dans le milieu en se formant et en faisant appel à toutes les connaissances qu'il s'était faites au fil du temps, mais il n'en avait jamais eu l'envie. Contrairement aux autres membres de sa famille, il n'avait pas pour ambition de courir après l'argent, la notoriété, le succès ou la réussite. Il était d'ailleurs assez convaincu qu'il n'avait pas d'ambition tout court. Du reste, on le lui reprochait suffisamment. Bref, tout cela faisait qu'il se sentait différent. Au début, il avait eu tendance à penser que ce n'était pas normal, que le fait de ne pas avoir les mêmes priorités que tout le monde était un problème. Ses parents lui avaient souvent reproché de ne pas être aussi brillant que ses frères à l'école. De ne pas avoir d'ambition. De ne pas avoir un métier convenable. De ne pas être à la hauteur de leur famille. Il ne recevait jamais de compliment. Jamais de reconnaissance sous quelque forme que ce soit. Tout était tourné vers la réussite.

Alors, il avait appris à se satisfaire de sa vie. Il ne s'y passait pas grand-chose mais elle était confortable. Stable. Tranquille. Toute pleine de routine. Rassurante en somme. Et comme il s'était construit sur la conviction qu'il ne ferait jamais rien d'exceptionnel, sa vie était plutôt conforme à cette idée. Il ne se posait même pas la question de savoir s'il aurait pu faire autre chose, ou si c'était encore possible. Il vivait sans effort, sans réel objectif, sans surprise, et sans chercher plus loin.

Evidemment, dans ce contexte, la seule place possible pour la photographie était d'en rester au stade de loisir. Il n'avait jamais été question d'en faire quoi que ce soit d'autre. Charles n'était pas certain d'être talentueux, même si on le lui disait parfois. Il n'était pas non plus certain que montrer ses photos aux autres en vaille la peine. Il avait tendance à manquer d'objectivité quand il s'agissait de lui-même. Et puis la vie était simple ainsi, entre le musée, les amis, les week-ends avec Juliette et la photographie, quand l'occasion était belle. La question que lui avait posée Hannah n'avait donc pas vraiment de sens à ses yeux, même s'il devait reconnaître qu'il aurait aimé que sa passion prenne plus de place dans son quotidien. Exposer ses photos, en faire son métier, devenir célèbre, être reconnu... Il devait bien reconnaître que c'était un rêve alléchant.

Il avait poussé la porte de quelques galeries sans trop y croire, tout en espérant secrètement qu'il en trouverait une qui accepterait de travailler avec lui. Il avait essuyé des échecs, puis espéré en attendant des réponses pendant des semaines, puis presque réussi. Peine perdue. Ce monde-là était bien trop petit. Et lui trop inconnu.

Ensuite, il s'était lancé sur la piste des concours photo. Il en avait tenté une bonne vingtaine, en y croyant à chaque fois un peu plus, en passant de plus en plus près du but, en prenant toujours un peu plus confiance en lui, avant d'abandonner sur une défaite cuisante. Il avait participé à un concours prestigieux sur la thématique du portrait qu'il affectionnait tout particulièrement. Il avait travaillé d'arrache-pied, arpentant les rues de Paris à la recherche de visages qui pourraient faire la différence. Il avait passé des heures à prendre des centaines de photos, à trier, à hésiter, à choisir. Il s'était tellement investi dans ce projet qu'il avait fini par y croire pour de bon. Ses amis l'avaient encouragé, tout comme Rémi, Juliette, Julien et les autres. Seuls ses parents avaient fait comme si de rien n'était. Après tout, il en avait l'habitude, et pour une fois, leur désintérêt ne lui avait pas trop pesé. Sauf qu'il avait fini deuxième, et que cette défaite avait ruiné toute son envie. Malgré l'optimisme de Juliette, il avait laissé tombé, dégoûté d'y avoir cru si fort et d'avoir tant espéré. Pas habitué à l'échec, ni au succès d'ailleurs, il s'était mis en tête qu'il était fait pour être dans la moyenne.

Finalement, toutes ces expériences n'avaient fait que l'inhiber encore plus. Il était tiraillé entre son éducation stricte et cadrée faite de préjugés embourgeoisés, et son côté artiste plein de rêves et de talent qu'il ne voyait pas.

Parfois il enviait la réussite des autres. Celle de ses frères, évidemment. Mais aussi celle d'inconnus qu'il croisait au musée ou ailleurs. Il enviait leur charisme, leur facilité à aller vers les autres, leur aisance à s'exprimer, cette impression qu'ils savaient pourquoi ils étaient là.

Il aurait tant aimé être comme eux. Plus sûr de lui, plus affirmé, plus à l'aise. Il n'était pas non plus effacé, ni timide, ni renfermé. Simplement, il avait tendance à passer inaperçu. Il ne faisait pas la différence, ni en bien, ni en mal. Pas d'aspérité, pas de relief, pas d'explosion. Rien. Juste une présence sympathique, appréciée, discrète. Rien de plus.

Depuis les concours, quand on lui demandait ce qu'il faisait de ses photos, il n'avait pas la réponse. Il avait pour habitude de choisir les meilleures, qu'il retravaillait légèrement et qu'il imprimait ensuite avant de les classer par thématique. Il aimait s'enfermer dans son bureau qu'il appelait son atelier, pour profiter de la solitude et glaner quelques minutes au présent.

Son atelier était une pièce à son image : ni trop petite ni trop grande, presque faite pour passer inaperçue. Il aimait s'asseoir sur l'épaisse moquette grise. Il aimait ouvrir la grande fenêtre qui donnait sur le jardin pour en respirer le parfum de verdure et le silence disputé à la rumeur de la ville. Il aimait piocher au hasard des photos dans ses grandes caisses en carton gris pour les disséquer et en scruter le moindre détail. Il aimait s'adosser au mur, assis à même le sol, pour parcourir l'un des nombreux ouvrages de photographes célèbres qu'il admirait par dessus tout. Son atelier était comme il l'avait voulu, un havre de paix, de liberté. D'un naturel rêveur, il avait besoin de la solitude que cette pièce lui offrait. Elle lui permettait d'être au calme, sans contrainte, sans jugement, sans obligation de parler. Elle lui donnait l'occasion de réfléchir, de se laisser dériver dans des pensées hors du temps. Elle l'apaisait en le projetant dans une sorte de réalité parallèle à la vie quotidienne, réalité qui n'était que la sienne et qu'il réinventait à l'infini.

Sa vie était douce, tranquille, routinière. Pas très palpitante, ni toujours passionnante. Pas non plus très audacieuse, ni très surprenante. Peut-être était-elle conforme à sa vraie nature, peut-être s'en était-il accommodé. De toute façon, il ne se posait pas la question.

Chapitre 2

21 mai

Charles sentit son téléphone vibrer dans sa poche. Il se contorsionna pour l'attraper malgré son sac et son appareil photo qui l'encombraient. C'était un message de Juliette.

Je vais chez le coiffeur. On est samedi, je pense qu'il va y avoir du monde. Tu peux préparer le dîner si je ne suis pas là quand tu rentres ? Bisous.

Charles pianota sur son clavier.

OK. Je m'en occupe. Bisous.

Il replaça le téléphone au fond de sa poche et se remit en marche.

Juliette…
Ils fêteraient les vingt ans de leur rencontre cette année. Vingt ans de bonheur partagé. Vingt ans de complicité, de complémentarité, vingt ans d'amour et d'amitié. Ils n'avaient rien prévu de spécial, mais ce serait sans doute l'occasion de tester un nouveau restaurant, ou d'organiser une escapade hors de Paris histoire de profiter d'un week-end d'hiver ensoleillé. Ils avaient le temps d'y penser, le mois de décembre n'était pas pour demain.

Charles et Juliette s'étaient rencontrés chez Julien, un très bon ami de Charles. Julien venait de décider qu'il abandonnait ses études pour devenir pompier professionnel. Pour marquer le coup, il avait organisé une fête au cours de laquelle il avait invité tous ceux qui comptaient pour lui. Eve, sa petite amie, était venue accompagnée de sa cousine Juliette. La jeune fille était tout le contraire d'Eve qui, d'un naturel expansif, avait passé la soirée à danser et à faire rire l'assemblée. Juliette était discrète, souriante, réservée. Un peu comme Charles, qui l'avait remarquée dès son arrivée. Bien-sûr, il n'avait pas osé l'aborder. Heureusement pour lui, Julien avait rapidement remarqué les coups d'œil de son ami en direction de la jeune fille. Il en avait discrètement parlé à Eve qui avait eut vite fait d'inviter sa cousine à partager un verre avec eux.

La conversation s'était naturellement engagée autour des études, du futur métier de Julien et des sujets sans importance qui faisaient leur quotidien. Charles apprit ainsi que Juliette était étudiante en école d'infirmière, qu'elle en ressortirait l'année suivante, qu'elle adorait les chats, la nature, les balades en montagne, lire pendant des heures avec une tasse de café, les soirées avec ses amies et la mousse à l'orange. Elle était intelligente, infiniment belle, avec un sourire qui apaisait et rendait plus heureux. Charles avait été subjugué. Quand Eve et Julien s'étaient éloignés pour se consacrer à leurs autres invités et aussi un peu pour les laisser seuls, Charles avait entraîné Juliette sur le balcon où ils avaient passé le reste de la soirée à faire connaissance, avec les toits de Paris en guise d'horizon.

Trois jours plus tard ils avaient dîné ensemble.

Trois semaines plus tard ils avaient parlé d'avenir.

Trois mois plus tard Juliette avait emménagé dans le deux pièces de Charles.

Depuis, la vie était douce. Juliette avait obtenu son diplôme sans trop de difficultés et s'était rapidement faite à son métier. Elle exerçait encore dans l'hôpital parisien où elle avait fait ses armes vingt ans plus tôt. En revanche, elle avait changé de service à plusieurs reprises. Elle travaillait depuis cinq ans en cardiologie, service dirigé par le Professeur Arnaud Devaux avec qui elle avait fini par développer une amitié sincère. Juliette n'avait jamais souhaité mélanger les relations personnelles et professionnelles. Ainsi, son amitié avec Arnaud n'avait que très rarement franchi le seuil de l'hôpital. Arnaud avait été invité à deux reprises chez Juliette et Charles pour partager un verre de vin ou une bière, mais rien de plus. Juliette gardait pour elle ces moments d'échanges et de discussions avec son chef de service, ce qui leur convenait parfaitement à tous les deux. Ils déjeunaient ensemble quand leurs emplois du temps respectifs le leur permettaient. Le café commun du matin était sacré, et ils ne comptaient plus les heures en salle de garde à discuter dans le silence apaisé de la nuit. Bien-sûr, cette relation privilégiée faisait des jaloux, mais Juliette avait décidé de ne pas y accorder plus d'importance que la situation ne le méritait. Elle était entière, en amitié comme dans tout le reste, et ce que les autres pensaient de cette relation lui importait peu.

Fille unique, Juliette avait grandi sereinement à Villiers-sur-Marne, dans un étroit pavillon de banlieue simple et coquet. Son père était agent EDF et sa mère professeur de français. Une fois le crédit de leur pavillon remboursé, ils avaient fait l'acquisition d'une maisonnette sur la côte normande dans laquelle ils avaient passé la majeure partie de leurs vacances, été comme hiver. Cette maison avait été le petit paradis de Juliette. Elle s'était fait des amis qu'elle retrouvait à chaque période de vacances et elle était un peu comme chez elle dans ce village normand fait de bicoques à colombages et de fontaines d'un autre temps. Elle avait certainement passé dans cet endroit hors du temps les plus beaux moments de son enfance et de son adolescence. A tel point qu'elle fut incapable d'y retourner quand elle perdit ses deux parents à quelques mois d'intervalle. Une crise cardiaque eut raison de son père alors qu'il n'avait pas quarante-cinq ans, et sa mère fut emportée en six mois par un cancer foudroyant. Sa vie bascula alors qu'elle n'avait que dix-huit ans, à quelques semaines du baccalauréat qu'elle passa comme un zombie et qu'elle obtint de justesse. Elle décida de devenir infirmière. Pour faire ses études, elle vendit les deux maisons et loua un studio dans le XIIème arrondissement de Paris, près de son école. Elle se fit de nouvelles amies, ce qui lui permit de surmonter le manque de ses parents qui aurait été ravivé par l'évocation de souvenirs communs, et elle travailla avec acharnement pour obtenir son diplôme.

Charles ne s'était pas trompé. Juliette était brillante, pertinente, juste et pleine d'entrain. Elle était l'oreille attentive à qui l'on se confiait sans crainte, la bonne copine toujours prête pour une virée shopping ou une soirée entre filles, l'infirmière consciencieuse et appliquée, la fille capable d'être sage comme totalement excentrique. Elle l'équilibrait, le rassurait, le bousculait. Elle était un rayon de soleil.

Cinq ans après leur rencontre, les parents de Charles trouvèrent une solution fiscalement avantageuse pour faire en sorte que leurs fils profitent de leur fortune. Chacun des garçons reçut ainsi dans une sorte d'héritage anticipé un bien immobilier. Charles et Juliette eurent la chance de s'installer dans une jolie maison de ville nichée au cœur d'un quartier privilégié du XIVème arrondissement, à l'écart de l'agitation de la capitale. On y pénétrait par une haute porte cochère qui cachait un écrin de verdure dont on avait du mal à imaginer l'existence en plein Paris. Elle dissimulait une dizaine de maisons qui, d'après la légende, avaient appartenu à de grands artistes. Les habitations étaient étroites, hautes, et, comble du luxe, dotées d'un jardinet. Le lierre recouvrait les murs, la vigne poussait avec vigueur, les pavés témoignaient de l'histoire de ce lieu exceptionnel.

Charles et Juliette mesuraient chaque jour leur chance d'habiter dans un endroit pareil.

Outre les pièces habituelles, ils décidèrent d'aménager un salon télé doté d'un amoncellement de coussins gigantesques en guise de canapé, l'atelier de Charles autour de la photographie, et une pièce consacrée à la détente dans laquelle, entre autres passe-temps, Juliette jouait du violon. Etant petite, elle avait pris des cours pendant plusieurs années. Elle avait ensuite continué à jouer pour le plaisir, toujours avec autant d'application. A la mort de ses parents, le violon avait servi d'exutoire à son chagrin. Le frottement de l'archer sur les cordes, l'odeur du bois, le son aigu et un peu pincé de son instrument… La vie se passait de mots quand la musique pouvait prendre leur place.

La vie était calme, rythmée par les dîners entre amis, les virées photographiques de Charles au cœur de Paris, les soirées près de la cheminée ou dans la douceur de l'été qui allongeait les heures dans leur petit jardin, et les horaires parfois décalés de Juliette. Elle aimait travailler la nuit, dans ce mélange si particulier de silence et de bruits de machines que l'on ne croisait que dans un hôpital. La nuit, les relations étaient différentes. Tout était plus calme, plus vrai. Les patients insomniaques avaient compris qu'ils pouvaient venir la trouver pour déposer auprès d'elle un peu de leur douleur ou de leur angoisse. Ils repartaient plus légers, après quelques minutes d'apaisement volées au destin. La nuit était aussi pour Juliette l'occasion d'échanger autrement avec ses collègues. Ils parlaient des cas qui les préoccupaient le plus parmi leurs patients, des soins, des résultats d'analyses, de la dureté de leur métier, et aussi de la vie et de son quotidien. Souvent, Juliette ressortait cabossée de sa nuit. La souffrance des autres est parfois trop lourde à porter. La mort encore plus. Alors elle s'autorisait une ou deux cigarettes qu'elle fumait entre deux larmes, à l'heure où les parisiens sont encore emmêlés dans leurs rêves.

Juliette et Charles avaient fait le choix de ne pas avoir d'enfant. Pour se conformer aux bonnes pratiques de la société, ils avaient envisagé de faire un bébé quelques temps après leur emménagement dans le XIVème. Au bout de quelques mois, sans aucun résultat, ils eurent une vraie discussion qui les amena à se dire l'un à l'autre qu'une famille nombreuse était tout ce dont ils ne voulaient pas. Ils aimaient les enfants, adoraient leurs neveux et nièces, mais ils étaient bien ensemble, sans avoir besoin de plus. Ils n'en avaient jamais réellement parlé auparavant, peut-être de peur d'avouer ce ressenti peu commun et trop souvent mal vu par la société bien-pensante. Ils furent donc soulagés lorsqu'ils constatèrent qu'ils étaient sur la même longueur d'ondes. Il leur fallut ensuite assumer leur décision, ce qui ne fut pas toujours facile, surtout auprès des parents de Charles pour qui les seuls couples qui n'avaient pas d'enfant étaient ceux qui ne le pouvaient physiologiquement pas. Charles faillit craquer et demander à Juliette de recommencer les essais, mais sa femme tint bon pour deux. Avec le temps, leurs amis finirent par s'y faire, les parents de Charles un peu moins, mais ils étaient à l'aise avec leur décision, et c'était bien le principal.

Comme ils ne payaient aucun loyer et qu'il restait à Juliette une bonne partie de l'argent de la vente des deux maisons de ses parents, ils décidèrent d'acheter une maison de campagne. Après pas mal d'hésitations, leur choix se porta sur le sud de la Sologne, là où la vie n'est pas tout-à-fait la même et la rumeur de la ville agréablement loin. Ils tombèrent sous le charme d'une maison ancienne récemment rénovée par les précédents propriétaires. La rénovation en question n'était pas des plus modernes, mais le rendu final était simple et douillet. C'était ce qu'il leur fallait.

Ils achetèrent des meubles, de la vaisselle et d'autres éléments de décoration qui leur permirent de personnaliser leur maison, puis ils s'approprièrent tout-à-fait l'endroit, y passant la majeure partie de leurs vacances et au moins un week-end par mois. Très rapidement après la remise des clefs, ils firent la connaissance de leurs voisins, Marie et Thomas. Marie avait la cinquantaine, Thomas une bonne dizaine d'années de moins. Comme Juliette, Marie était infirmière. Après de nombreuses années à exercer en hôpital, elle avait fait le choix du libéral, autant par besoin d'autonomie que pour répondre au nombre grandissant de demandes des personnes seules et vieillissantes à qui elle était d'un grand secours. Thomas travaillait dans les champs. Pas franchement fait pour les études et à l'aise nulle part ailleurs que dans la nature, il aimait son métier même s'il reconnaissait qu'il était souvent difficile. Le fils que Marie avait eu d'un précédent mariage était maintenant adulte et il avait quitté la cellule familiale depuis plusieurs années pour s'installer avec sa petite amie en région parisienne. D'un naturel avenant, le couple avait accueilli avec plaisir ses nouveaux voisins. Petit à petit, des liens d'amitié sincère s'étaient tissés, les uns et les autres prenant plaisir à se retrouver dès que les parisiens débarquaient pour quelques heures ou un peu plus.

Charles et Juliette considéraient chaque séjour dans cette maison comme une parenthèse de bonheur champêtre dans leur vie un peu trop parisienne. Ils en aimaient le calme, la simplicité, la douceur de la vie près de la nature.

Ainsi, Charles ne se posait pas de question. Plus que confortable, sa vie suivait son cours, sans encombre, et sans relief non plus. Sa personnalité faite d'une ambition retenue et d'une réserve construite sur le cadavre de ce que ses parents considéraient comme des échecs faisait qu'il ne cherchait pas plus loin et qu'il se contentait de ce qu'il avait. Certes, ce qu'il avait était déjà énorme, mais c'était quand même un peu dommage. Sans doute parce qu'il aurait pu faire mieux. Parce qu'il avait du talent, parce qu'il aurait pu aspirer à plus que cette petite vie tranquille de privilégié. Mais il s'en contentait.

Chapitre 3

21 mai

Comme à chaque fois qu'il poussait l'imposante porte cochère bleue, une sensation de calme l'envahissait. L'allée pavée bordée de bouleaux et de chênes avait quelque chose d'irréel. Un endroit comme celui-ci était rare en plein Paris.

Quand il pénétra dans le jardin, il pensa qu'il lui faudrait rapidement tondre la pelouse et couper la haie de bambous qui avait décidé de n'en faire qu'à sa tête. Des averses étaient annoncées pour le lendemain alors tant pis, le jardinage attendrait le week-end suivant.

Charles déverrouilla la porte de la maison et pénétra dans le vestibule. Il déposa son appareil photo sur la console de bois exotique, à côté d'un magnifique photophore en verre qu'un couple d'amis leur avait offert à l'occasion de leur pendaison de crémaillère. Il se débarrassa de sa veste légère qu'il pendit au portemanteau métallique qui croulait déjà sous le poids d'un nombre impressionnant de vêtements. Puis il entra dans la petite salle d'eau attenante pour se laver les mains. Il observa les murs peints en gris clair et écru ainsi que la mosaïque du même ton. Il gratouilla du bout de l'ongle une petite irrégularité qui devait provenir d'un joint de carrelage prenant un peu ses aises. Charles aimait l'ordre et le sentiment de perfection qui s'en dégageait. C'était ainsi depuis toujours. C'était sans doute pour cela qu'il n'était que très rarement satisfait de ses photos.

Il grimpa directement au deuxième étage et pénétra dans la chambre dont les murs avaient été repeints en écru et parme. Comme à son habitude, il regarda la photo de Juliette posée sur la commode de bois sombre. Il adorait cette photo. Il l'avait prise quelques années plus tôt, l'année où ils avaient acheté leur maison en Sologne. Après avoir protesté pour la forme, Juliette avait fini par prendre la pose à l'ombre du laurier en fleurs. Son sourire espiègle irradiait la photo. C'était tellement elle… Puis le regard de Charles s'attarda sur l'épaisse couette mauve avec cette envie presque irrésistible de s'y plonger. Pas le temps, il avait un dîner à préparer. Il se changea et redescendit au rez-de-chaussée pour rejoindre la cuisine aux meubles en laque rouge et au sol blanc. Il attrapa une bouteille de Cahors dont il se servit un verre qu'il porta à ses lèvres en regardant le jardin par la porte-fenêtre. Il repensa à sa virée dans Paris. Il était plutôt content de lui, même s'il devrait attendre de voir ses photos en grand sur l'écran de l'ordinateur pour se faire une opinion. Comme à son habitude, il gardait cette surprise pour le lendemain. Il préférait découvrir ses photos avec un peu de recul plutôt que de les voir le jour même. C'était sans doute un peu étonnant car beaucoup devaient se précipiter sur leurs ordinateurs à peine rentrés. Et puis ce soir, son frère et sa belle-sœur venaient dîner, alors un peu de travail l'attendait en cuisine.

***

A dix-neuf heures trente, la sonnette retentit. Charles sortit pour ouvrir la porte du jardin à Rémi et Sophie qui l'embrassèrent tour à tour. Ils prirent place autour de la table que Juliette finissait de dresser sans manquer de la saluer avec effusion. Charles leur servit un rosé bien frais et ils trinquèrent au printemps, à la joie de partager ce moment, et à toutes ces petites choses qu'ils ne savaient pas nommer mais qui faisaient qu'ils étaient plutôt gâtés par la vie.

Charles observa son frère. Avec seulement deux ans de moins, Rémi paraissait beaucoup plus jeune. D'allure athlétique, il avait cette élégance naturelle que peu d'hommes possèdent. Et comme il le savait, il en jouait consciemment, ce qui le rendait paradoxalement encore un peu plus charismatique. Charles s'était toujours trouvé horriblement fade à côté de son frère. Plus jeune, il en avait même été jaloux. Il avait fini par comprendre que les cartes avaient été distribuées ainsi et qu'il ne pourrait jamais rien y changer. Il en avait donc pris son parti, un sentiment d'admiration et un soupçon de fierté ayant remplacé l'envie. Rémi avait un petit côté sûr de lui qui en agaçait plus d'un et qui avait dû lui attirer quelques rivalités. A vrai dire, il s'en fichait, assumant pleinement ce qu'il était. Avec sa réserve naturelle, Sophie équilibrait subtilement leur duo. C'était une grande femme très discrète, habillée avec sobriété, ses longs cheveux blonds vénitiens toujours savamment attachés en un chignon improvisé. Avec sa peau claire parsemée de tâches de rousseur et sa démarche légère et fluide, elle avait l'air d'être sortie tout droit d'un documentaire sur la Grèce Antique. Elle était belle sans le savoir, pleine de délicatesse et de féminité. Leurs deux enfants étaient un mélange de leurs parents, semblant avoir pioché au hasard des traits de personnalité chez l'un comme chez l'autre. Du haut de ses vingt ans, Mathieu menait sa vie avec l'assurance de celui qui sait depuis longtemps ce à quoi il est destiné. Il voulait devenir médecin, depuis toujours, et il faisait ce qu'il fallait pour réussir, sans chercher pour autant à en mettre plein la vue, le fait d'atteindre ses objectifs pour lui seul le satisfaisant pleinement. Il avait manifestement hérité du caractère volontaire de son père sans pour autant en avoir le travers un peu trop expansif. Sa sœur Lise savait elle aussi ce qu'elle voulait, mais dans un autre registre. Elle avait beau n'avoir que quinze ans, son caractère bien trempé faisait sortir ses parents de leurs gonds quand elle affirmait haut et fort que tout ce qui l'intéressait était le théâtre et qu'elle en ferait son métier. Sophie s'en inquiétait, contrairement à Rémi qui était convaincu qu'il parviendrait à faire changer sa fille d'avis.

Après deux ou trois verres de rosé, ils attaquèrent le dîner d'un bon appétit. Les travers de porc préparés par Charles remportèrent un franc succès, presque autant que le tiramisu que Juliette avait confectionné dans la matinée. Quand Charles apporta une bouteille de Calvados en guise de digestif, Rémi amena la conversation vers un sujet qu'il avait volontairement gardé en réserve.

— Parlons de tes photos, dit-il en s'adressant à son frère. Quoi de neuf ?

— Pas grand-chose. Je suis toujours sur ma série des sans-abris. Je commence à avoir des choses pas mal. Du moins je pense.

— Arrête d'être modeste Charles ! Tu es doué, tu le sais. Cesse d'être éternellement insatisfait.

Charles grimaça.

— Ce n'est pas demain que je vais changer d'avis. Mes photos ne sont peut-être pas trop mal, mais je ne me considère pas comme un bon photographe pour autant. Ce serait faux et prétentieux.

— Et alors ? Tu ferais bien d'être un peu prétentieux pour une fois.

— Hum...

— Bref. Revenons à l'essentiel. J'ai une bonne nouvelle pour toi.

Rémi se tut pour préparer son effet d'annonce. Il était très fier par avance de ce qu'il allait dire. Charles se demandait où son frère voulait en venir.

— Tes photos des sans-abris, tu vas les exposer en plein Paris.

Charles le regarda en secouant la tête.

— Ah non… Je ne vais rien exposer du tout.

— Si. Je peux même te dire que l'expo aura lieu fin octobre. Ce qui signifie qu'il te reste cinq mois pour sélectionner les photos que tu veux montrer et les retravailler si besoin.

— Mais qu'est-ce que tu racontes ?

Charles regarda Juliette dont les yeux qui pétillaient faisaient écho au sourire de Sophie. Manifestement il était le seul à ne pas être dans la confidence. Rémi éclata de rire, très content de lui.

— Allez, je t'explique. Tu sais qu'en ce moment je travaille sur un gros chantier pour la Mairie de Paris. Un vieil immeuble d'habitation qu'on réhabilite en immeuble de bureau éco-responsable. Bref, peu importe. Figure-toi qu'on a eu des problèmes avec l'une des autorisations municipales. Évidemment, c'est moi qui ai dû m'y coller. Je te passe les détails mais j'ai réussi à débloquer le truc. En discutant avec l'élu concerné par le problème, on s'est découvert pas mal de points communs, dont la photo. Enfin bon, c'est plutôt avec toi qu'il a ce point commun, mais tu me connais, tout est bon pour atteindre l'objectif, alors j'en ai un peu rajouté.

Rémi éclata de rire, manifestement très satisfait de lui.

— Je lui ai parlé de toi. Je lui ai dit que tu étais photographe et que tu faisais des trucs de dingue. Je lui ai raconté toute l'histoire, depuis ton premier appareil que tu ne quittais jamais, jusqu'à tes week-ends à traquer le modèle idéal, en passant par les gens qui te sollicitent pour se faire tirer le portrait et le moment où tu as failli ne jamais te remettre du fait que les parents t'aient confisqué ton appareil photo quand tu étais au lycée.

— Non ?!? Tu n'as pas raconté ça quand même ?

— Bien-sûr que si ! Ça fait encore plus vrai. C'est important le côté romanesque. Je lui ai montré quelques photos que j'avais sur mon téléphone. Il a aimé. Du coup je lui en ai apporté d'autres la fois suivante. Il était emballé. Alors j'ai tenté le coup. Je lui ai demandé comment il fallait s'y prendre pour monter une expo sur les grilles du jardin du Luxembourg. Il m'a expliqué tout le processus et surtout, il m'a dit qu'il était ami avec le type qui a le dernier mot sur la sélection. En deux temps trois mouvements et avec quelques tours de passe-passe, l'affaire était dans le sac. L'inauguration est prévue pour fin septembre. La seule chose, c'est qu'il va falloir que tu fasses la sélection des photos que tu comptes exposer avec le gars car ils ont un droit de regard sur le contenu. Normal. Évidemment c'est le service communication de la ville qui s'occupe de toute la comm autour de l'expo et tu n'as rien à gérer au niveau logistique. Tu n'as qu'à leur fournir tes photos et récolter les compliments. Alors, tu en dis quoi ? Pas mal non ?

Charles était stupéfait. Même dans ses rêves les plus fous il n'aurait pas imaginé une aubaine pareille. Abasourdi, il ne trouvait rien à dire. Juliette posa sa main sur la sienne.

— Tu te rends compte comme c'est génial ! Tu vas enfin exposer. Pour la première fois. Tu vas pouvoir montrer tes photos à tout Paris. C'est une chance incroyable.

Charles la regarda. Elle avait l'air profondément heureuse pour lui. Il crut même déceler un éclair de fierté dans ses yeux. Il fallait dire qu'elle le soutenait et l'encourageait depuis le début. Elle croyait en lui, c'était indéniable. Juliette était sa première et sa plus grande fan. Il lui sourit et retrouva l'usage de la parole.

— Je ne sais pas quoi dire. Je n'en reviens pas.

— Je suis vraiment contente pour toi, dit à son tour Sophie. Tu le mérites. Je suis sûre que tu vas faire un carton.

— Merci. C'est gentil. Mais j'avoue que je n'arrive pas à réaliser là…

Trop de choses tournaient dans la tête de Charles. Il ne trouvait que des banalités à dire. Il s'adressa à son frère.

— Merci Remi. C'est un cadeau inimaginable que tu me fais là. Je ne sais pas quoi dire…

— Laisse tomber, je sais que je suis génial, répliqua Rémi dans un éclat de rire.

— Sérieusement, c'est complètement fou. Le Luxembourg, tu te rends compte…

— Oui, c'est la classe ! Et maintenant, il ne te reste plus qu'à tout préparer.

— Oui. Et j'ai déjà quelques idées sur ce que je vais pouvoir y mettre.

— J'imagine. Te connaissant, tout va être carré, je n'ai aucun doute là-dessus.

Charles réfléchissait déjà aux prochaines étapes.

— Il faut que je fasse le point sur ce que j'ai déjà et voir si c'est suffisant par rapport à ce que je veux montrer.

— Je pourrai y jeter un coup d'œil si tu veux, proposa Rémi.

— Oh non ! S'écria Juliette. Tu connais ton frère, quand il est dans ses photos c'est un vrai ours.

— Pas faux. Mais bon, je propose c'est tout. Je connais bien l'ours dans sa tanière. J'en ai déjà fait les frais.

Ils partirent tous les quatre d'un éclat de rire. Puis Charles se dirigea vers la cuisine. Il en revint avec une bouteille fraîche et quatre flûtes à champagne qu'il remplit à ras bord. Ils levèrent leurs verres à la future exposition de Charles, aux idées intrépides de Rémi, et à cette soirée de printemps qu'ils n'allaient pas oublier de sitôt.

Chapitre 4

30 juillet — Un mois plus tard

Charles leva ses doigts du clavier de l'ordinateur. Il ferma les yeux et laissa les notes de musique arriver jusqu'à lui. Des frissons l'envahirent. L'émotion était là. La même qu'au premier jour, comme à chaque fois qu'il écoutait ce morceau. C'était le préféré de Juliette. Celui qu'elle jouait le plus souvent, et le mieux sans doute. Composé par John Williams, il avait servi de bande originale au film « La liste de Schindler ». Une merveille de justesse et de délicatesse. Une musique qui prenait aux tripes.

Il ouvrit les yeux et sortit de son atelier. Il avança à pas feutrés jusqu'à la pièce où Juliette jouait. Il s'immobilisa devant la porte entre-ouverte et observa sa femme. Debout au centre de la pièce, elle portait une robe courte à fines bretelles. Le jaune pâle du tissu faisait ressortir son teint légèrement hâlé par l'été déjà bien installé. Ses cheveux étaient retenus par une queue de cheval improvisée de laquelle s'échappaient quelques mèches rebelles. Elle était pieds-nus. Le violon coincé sous son menton, sa main droite faisait glisser l'archer sur les cordes qui vibraient comme si elles étaient sur le point de se briser. Elle avait fermé les yeux et elle ne remarqua pas Charles qui l'écoutait. Elle jouait en se balançant légèrement au rythme des notes qu'elle accompagnait d'un mouvement presque saccadé. Elle plissait les yeux dans les aigus et se penchait un peu plus sur son instrument quand elle atteignait les graves. Elle jouait toujours ainsi, avec cette aisance et cette beauté que Charles admirait. Il resta dans l'entrebâillement de la porte pendant deux bonnes minutes, à la regarder. Il n'osait pas bouger de peur de rompre l'unicité de l'instant. Quand la dernière note s'éternisa jusqu'au bout de l'archer, encore plus aigue que toutes les autres, tout son corps frissonnait. Une larme coula le long de la joue de Juliette. C'était inhabituel et il en fut étonné. Elle resta ainsi sans bouger, sans ouvrir les yeux, l'émotion à fleur de peau. Alors seulement, il fit demi-tour et rejoignit son atelier sans faire de bruit.

Une heure plus tard, Juliette entra dans l'atelier de Charles après avoir frappé doucement à la porte. Plus aucune trace de l'instant qu'il avait volé n'était visible. Elle était souriante et détendue.

— Tu avances ? Lui demanda-t-elle en s'asseyant sur son bureau.

— Oui. J'ai presque terminé. Tu voudras bien relire pour me dire ce que tu en penses ?

— Pas de problème. Tu me l'imprimes et je regarde.

— J'ai vraiment envie que ce texte soit parfait.

— Je sais, répondit-elle en secouant la tête dans un sourire.

— Ne te moque pas ! C'est important pour moi cette expo. Et ce texte va tout expliquer. Je ne peux pas me permettre de le rater.

— Oui, évidemment. Mais tu sais, les gens vont surtout regarder tes photos. Je pense qu'il y en aura peu qui liront le texte en entier. C'est toujours ce qu'on fait non ?

— Peut-être, mais ça ne change rien. Je veux qu'il soit parfait.

— OK. Apporte-le moi en bas. Je vais m'allonger dans le jardin.

— D'accord. Ca va ?

— Oui ça va. Je suis un peu fatiguée. J'ai enchaîné pas mal de gardes de nuit ces dernières semaines. Je crois que j'ai un peu trop forcé. Il est vraiment temps que les vacances arrivent.

— C'est clair. Je t'avais dit que tu travaillais trop ces derniers temps. Il y a un moment où le corps ne peut plus suivre. Surtout avec tes horaires décalés. Comment veux-tu être en forme ?

— Je sais bien. Mais je n'ai pas vraiment eu le choix. On a eu beaucoup de patients et des absentes dans l'équipe. Entre Sabrina qui s'est cassé la jambe, Louise qui vient de partir en congé maternité et Sarah qui a été là par intermittence à cause de son dos, il a bien fallu boucher les trous. J'espère que ça ira mieux à la rentrée.

— Tu devrais en parler à Arnaud quand on rentrera. Parce que si tu recommences sur le même rythme, le bénéfice des vacances va rapidement partir en fumée. Après on attaque l'hiver et ce sera une autre paire de manches.

— J'ai prévu de lui en parler. De toute façon, il y aura d'ici là une remplaçante pour le poste de Louise, Sabrina sera revenue, et j'espère que Sarah ira mieux. Je lui demanderai de mieux équilibrer mon planning et de faire moins de gardes de nuit. Après tout il me doit bien ça.

— C'est certain. Avec tout ce que tu fais pour l'hôpital, je pense que ce serait la moindre des choses.

Juliette soupira.

— On verra ça. En attendant, on va profiter des vacances.

Elle descendit du bureau et posa un léger baiser sur la joue de Charles, puis elle sortit de l'atelier.

Une trentaine de minutes plus tard, il descendit dans le jardin, son texte imprimé à la main. Il était déjà dix-huit heures mais le soleil tapait encore très fort. Juliette était allongée dans une chaise longue, un grand chapeau de paille sur le visage. Visiblement, elle dormait profondément. Charles ne voulut pas la réveiller. Il fit demi-tour et grimpa jusqu'à leur chambre pour préparer ses bagages. Manifestement, Juliette avait déjà commencé les siens au vu du nombre impressionnant de vêtements étalés sur le lit ou entassés dans sa grande valise verte. Il balaya le désordre du regard. Elle était comme ça Juliette, toujours un peu désorganisée, un peu bohème. Elle aimait être entourée d'un tas de choses et faire ses valises était toujours un immense casse-tête. Quoi emporter, quoi choisir, c'était compliqué. Alors elle finissait irrémédiablement par en prendre beaucoup trop. Il se moquait d'elle à chaque fois et elle faisait mine de se vexer.

Il attrapa un foulard turquoise qu'elle avait abandonné sur le lit et le porta à son visage pour en respirer le parfum. Il y trouva l'odeur familière de Juliette qu'il dégusta. Il se demanda à quoi ressemblerait sa vie si elle n'était pas là. Il ne chercha pas à obtenir la réponse et il la chassa de son esprit aussi vite qu'elle était venue. Il attrapa une grande valise noire qu'il commença à remplir.

Tout en entassant les vêtements, il pensa à son exposition qu'il avait presque bouclée. Les photos avaient été sélectionnées sans trop de difficultés. Il ne manquait plus que le texte qui figurerait sur le premier panneau, accompagné de l'un de ses meilleurs clichés. Il l'avait retravaillé à de nombreuses reprises, jusqu'à en être à peu près satisfait. Il ne manquait plus que l'avis de Juliette pour pouvoir l'envoyer. Quand il pensait à cet événement à venir, il avait le vertige. Il avait trop rarement montré ses photos aux autres pour avoir une idée de l'impact que cela aurait sur lui. Pour être honnête, cette perspective l'angoissait. Rien que l'idée que tout le monde puisse voir ses clichés le faisait transpirer. Il avait peur des réactions des visiteurs, des critiques, et peut-être des compliments. Il avait peur du regard des autres, comme toujours. Comme depuis qu'il était petit et que ses parents voulaient autre chose que ce qu'il était capable de leur donner. Certains jours c'était compliqué de vivre avec ce poids. Il tentait d'étouffer ce malaise mais rien n'y faisait. Pas étonnant que la seule idée de se dévoiler au travers de ses photos le torturait. A la réflexion, il préférait encore éviter d'y penser. Il chassa ses questions alambiquées et se concentra sur sa valise. Juliette avait raison, les vacances allaient leur faire le plus grand bien.

Chapitre 5

27 août – Un mois plus tard

Le mois d'août touchait à sa fin. Les jours raccourcissaient, les soirées fraîchissaient, le soleil ne brûlait plus aussi fort. D'ordinaire, Charles n'était pas très à l'aise avec les fins d'été au goût un peu trop automnal. Même s'il était un parisien dans l'âme et que la vie à la campagne avait à ses yeux pas mal de limites, il aimait le soleil, les feuilles aux arbres, la chaleur et la vie à l'extérieur. Il appréhendait toujours un peu cette partie de l'année. Mais cette fois, c'était différent. La perspective de son exposition le réjouissait. Tout était prêt. Il n'y avait plus qu'à attendre la mise en place qui se ferait dans quelques poignées de jours. Maintenant que tous les détails étaient calés, il pouvait tenter de penser à autre chose en attendant le jour J.

Les vacances leur avaient fait le plus grand bien. Juliette avait voulu passer quelques jours dans le village normand de son enfance. Charles en avait été étonné car c'était la première fois qu'elle avait souhaité y retourner depuis qu'ils se connaissaient. Elle lui en avait toujours beaucoup parlé mais jusqu'à ce jour, elle n'avait jamais voulu y revenir. Elle disait qu'elle voulait garder intact le souvenir des moments passés avec ses parents, et que leur absence rendrait ce retour en arrière trop douloureux. Il avait respecté ce choix. Mais cet été, les choses avaient été différentes. Pourquoi ? Il n'en avait aucune idée. Bien-sûr, il avait posé la question à Juliette qui lui avait répondu qu'elle en avait envie, tout simplement. Qu'après près de vingt-cinq ans sans ses parents elle avait ressenti le besoin de retrouver un peu de ses étés de petite fille. Charles avait pensé que la quarantaine devait y être pour quelque chose. Il est vrai que la période du milieu de vie est propice à des remises en question, à un besoin de retour aux sources. Juliette avait sans doute du mal à l'exprimer en ces termes. Peut-être n'en avait-elle pas vraiment conscience d'ailleurs. Quoi qu'il en soit, ils avaient passé quelques jours très agréables dans le village et sa région. Juliette avait semblé heureuse de faire découvrir tous ces lieux si symboliques de son bonheur d'avant à son mari. Il l'avait sentie émue par ce retour en arrière. Une nuit, il l'avait trouvée assise sur le fauteuil de leur chambre d'hôtel en pleine nuit, éveillée, des torrents de larmes coulant sur ses joues. Inquiet, il l'avait prise dans ses bras. Elle l'avait rassuré en lui expliquant combien le fait de revenir ici remuait son passé et ravivait la douleur de la perte prématurée de ses parents. Elle s'était recouchée auprès de lui et le lendemain tout était fini, le sourire était revenu.

Ils avaient ensuite passé trois semaines dans leur maison de Sologne. Ils avaient beaucoup reçu pendant cette période. Sophie et Rémi avaient passé quelques jours chez eux avec leurs enfants, ce qui avait fait très plaisir à Juliette qui s'entendait à merveille avec Lise. Le rôle de la tante lui allait comme un gant. Elle était à la fois complice et compère, protectrice et confidente. Cela rassurait Sophie qui avait confiance en Juliette et qui savait qu'elle donnerait toujours de bons conseils à sa fille.

Et puis Julien et Eve s'étaient installés à leur tour, débarrassés de leurs enfants qui avaient décidé qu'ils étaient maintenant trop grands pour passer les vacances avec leurs parents. Comme à leur habitude, Julien et Charles avaient usé le court de tennis du lotissement pendant des heures, les deux cousines avaient égrenant les minutes en discutant sous le tilleul du jardin à grands renforts de citronnades.

Deux couples d'amis les avaient ensuite rejoints, et ils avaient passé la dernière semaine seuls, à profiter de la douceur de l'été. Il était d'ailleurs temps que les invités désertent la maison, car en dépit de la joie de passer de bons moments avec chacun d'entre eux, avoir du monde en permanence chez soi demandait de l'énergie. Il fallait faire les courses, préparer les repas, faire des lessives entre un départ et une arrivée, être toujours en forme. Bref, la dernière semaine fut consacrée au repos, ce dont Juliette avait bien besoin après ses dernières semaines de travail harassantes. Elle avait beaucoup dormi ces derniers jours et son visage portait encore des traces de fatigue malgré tout.

La dernière soirée s'annonçait bien. Ils avaient nettoyé et rangé la maison. Il ne leur resterait plus qu'à boucler leurs valises avant de partir le lendemain matin. Ils étaient invités chez Marie et Thomas pour le dîner, leur dernier dîner des vacances. Juliette était un peu nostalgique, comme toujours au moment de quitter le calme de la Sologne pour regagner Paris. Passer la soirée avec leurs voisins et amis atténuerait certainement son petit coup de blues.

Juliette descendit après s'être changée. Elle était vêtue d'un pantalon en lin blanc et d'une tunique d'un rose très pâle qui mettait en valeur le bleu de ses yeux rehaussé d'un discret bronzage. Elle était magnifique. Charles se demanda si elle n'avait pas un peu minci. Il se leva et la prit dans ses bras. Elle se laissa faire et posa sa tête sur l'épaule de son mari.

— On y va ?

Elle ne répondit pas.

— Tu sens bon, lui dit-il en respirant son parfum.

Elle sourit.

— Tu prends la bouteille ?

— Oui chef ! Répondit-il en riant.

Il attrapa la bouteille de rosé dans le réfrigérateur et entraîna sa femme à l'extérieur, un bras autour de sa taille.

***

Il était près d'une heure du matin. La soirée touchait à sa fin. Ils avaient bien ri, et pas mal bu aussi. Thomas avait toujours le bon mot pour amuser la galerie et Marie était bon public. On ne s'ennuyait jamais avec eux. Ils avaient parlé de tout et de rien, et comme toujours quand ils étaient ensemble, le temps passait trop vite. Juliette et Marie n'avaient pas pu s'empêcher de parler travail, comparant leur quotidien si différent alors qu'elles faisaient le même métier. Charles et Thomas avaient protesté pour la forme, s'en servant d'excuse pour se resservir un verre et allumer une cigarette au fond du jardin. Au fil des ans, un véritable lien s'était tissé entre eux, fait d'une amitié forte, d'une confiance mutuelle, d'un grand respect et d'une simplicité reposante. Ils avaient tous les quatre hâte de se retrouver quand Charles et Juliette passaient quelques jours à la campagne. Ils savaient qu'ils pouvaient compter les uns sur les autres. C'était rare. Et ce soir ils en profitaient.

***

Le lendemain matin, le réveil fut plus difficile. Le rosé de la veille avait laissé des traces en forme de migraine dans la tête de Charles. Le café n'y fit rien. La douche fraîche non plus. Une fois les valises bouclées, ce fut Juliette qui prit le volant. Ils embrassèrent une dernière fois Marie et Thomas et montèrent en voiture. Charles s'endormit avant d'avoir atteint l'autoroute. Il se réveilla une heure plus tard la tête plus légère. Le paracétamol avait enfin fait son travail.

Bercé par le ronronnement du moteur, il tourna la tête vers la fenêtre pour laisser son regard se perdre dans la générosité du paysage qui l'entourait. Happé par le soleil, les reflets, la nature dans toute sa splendeur, et par le vert, tout ce vert..., une vague de bien-être l'envahit tout entier. Comme une déferlante qui arrive sans prévenir, qui vous inonde sans prendre le soin de se demander si elle ne va pas tout détruire sur son passage. Comme si vous vous trouviez sur son chemin un peu par hasard.

Il en était là, à la déferlante. La déferlante de bonheur. Après des mois, des années peut-être, à douter, à tenter d'oser, à échouer, à se surprendre à envier le bonheur des autres, à vouloir baisser les bras, à espérer, espérer tellement fort, pour finir par ne plus croire à rien, il avait enfin réussi. Il avait réussi à vivre un peu de ses rêves. Un peu seulement. Parce que des rêves, il en avait plein la tête, il en avait plein le cœur. Et maintenant, il ne savait pas quoi faire de tout ce bonheur. Il le ressentait, pleinement. C'était comme s'il l'envahissait, comme s'il l'habitait en entier. Comme s'il le respirait à travers chaque pore de sa peau. Ça lui donnait le vertige. Ça l'effrayait un peu aussi. Oui, voilà, il en avait peur.

Parce que c'est comme ça le bonheur. Dès qu'il est là il faut en profiter. Parce qu'il finit toujours par partir sans crier gare. Il faut s'accrocher à lui, s'y agripper comme si c'était le dernier qu'on allait vivre. Le faire durer. Un peu comme un feu qu'on aurait mis du temps à allumer. Si on n'y prête pas attention il rapetisse, il se tarit, il se recroqueville sur lui-même pour finir par s'éteindre sans bruit. Et si on fait n'importe quoi, il brûle tout sur son passage. Il faut de la patience et du doigté pour le faire durer.

Et justement, sa plus grande peur était que ce bonheur reparte sur la pointe des pieds, comme il était arrivé.

Il tourna la tête de l'autre côté. Il observa sa femme qui conduisait. Tant d'années après leur rencontre, elle était toujours aussi belle. Pas de la même manière évidemment. Elle était plus sage, plus réfléchie, plus responsable aussi. Elle avait cette assurance de ceux qui ont passé l'âge de se laisser emmerder. Au fond, il l'admirait. Il l'avait toujours admirée d'ailleurs.

Elle dut se sentir observée car elle détourna son regard de la route un court instant pour lui offrir son sourire qui n'avait pas changé depuis vingt ans. Elle figurait en tête de ce qu'il avait peur de perdre. Avec ses parents, ses amis, ses souvenirs... La liste était longue. Il avait peur de perdre ceux qu'il aimait, et aussi ce qui faisait sa vie. Les petits déjeuners d'été dans l'étroit jardin de leur maison, les parties de tennis avec Julien, les pieds-nus sur l'herbe, les fous-rires, la tête de Juliette posée sur son épaule avant de s'endormir, son travail, sa maison, les apéros avec les amis, la santé de fer qui l'avait toujours habité... Il avait très peur de voir tout cela disparaître. Et lui, il avait peur de mourir. Peur de ne pas savoir ce qu'il y a derrière, peur de laisser les autres derrière lui.

— Ça va Charles ?

Il la regarda comme si c'était la première fois.

— Je t'aime.

Elle répondit avec un sourire et elle rendit à la route tout la concentration qu'elle exigeait. Il laissa reposer sa tête en arrière, il ferma les yeux et respira à fond.

Le bonheur. Le bonheur de savoir que chaque jour est un miracle.
Le bonheur d'avoir conscience de ce qu'on est et de savoir en être heureux.
Vivre à pleins poumons chaque instant.
Toujours.
Encore.

Chapitre 6

28 août

Juliette gara la voiture dans la rue désertée par les Parisiens encore en vacances. Elle éteignit le moteur et s'étira.

— Et voilà, soupira-t-elle. Les vacances sont finies, et demain c'est le retour au boulot.

— Oui. Retour à la réalité. Mais c'était bien ces vacances non ?

— Oui, c'était bien. J'étais contente de retourner en Normandie. Et ces trois semaines en Sologne ont été divines. Ça m'a fait mal au cœur de quitter la maison.

— Je sais. Mais on va y retourner aussi vite que possible.

— Oui, enfin ce ne sera pas tout de suite. Tous nos week-ends sont pris et ton expo va vite arriver.

— Et bien nous irons après l'inauguration. Ce n'est pas si loin, et comme tu dis, ça va arriver vite.

Juliette soupira.

— De toute façon on n'a pas le choix.

Charles l'observa. Elle avait quelque chose d'étrange dans le regard, quelque chose de presque triste. Elle avait l'air soucieuse.

— Qu'y-a-t-il Juliette ? Ça te mine à ce point de rentrer à Paris ?

— Oui... Non... Je ne sais pas. Je crois que je n'ai pas assez profité des vacances. On a eu du monde tout le temps à la maison. On aurait dû garder plus de temps pour nous.

— Tu as peut-être raison. On aurait dû faire autrement. Mais c'était bien non ?

— Oui, c'était bien, sourit-elle. Très bien même.

— Alors voilà. C'est l'essentiel. Et n'oublie pas ce qu'on a dit avant de partir. Dès demain tu parles à Arnaud pour limiter tes gardes de nuit. Il faut que tu stabilises ton rythme. Personne ne pourrait tenir le coup avec tout ce que tu as fait.

— Oui c'est prévu, je lui en parle demain.

— Il n'y a rien d'autre ? Tu en es sûre ?

— Non il n'y a rien d'autre. Tout va bien. Ne t'en fais pas.

Elle posa sa main sur la cuisse de Charles en lui adressant un grand sourire. Il se pencha pour l'embrasser délicatement dans le cou.

— Allez, dit-il en ouvrant la portière, allons d'abord vider ces valises, et ensuite je t'emmène au petit italien du coin de la rue pour dîner.

Juliette grimaça.

— Je préfèrerais dîner à la maison. Je me lève tôt demain.

Charles n'insista pas.

— OK. Comme tu voudras. Des pâtes, ça te dit ?

— D'accord.

Ils descendirent de voiture, vidèrent le coffre et ouvrirent la maison en grand pour que le soleil la réchauffe après ces dernières semaines dans le noir.

***

Contre toute attente, cette journée de rentrée passa à toute vitesse. Quand Charles s'était réveillé, Juliette était déjà partie. Il avait enfourché son vélo pour se rendre au musée en faisant un détour par les grilles du Luxembourg. Curieux du résultat, il était maintenant impatient que son exposition débute.

Ce jour-là, le musée avait enregistré un grand nombre de visiteurs. Charles avait discuté longuement avec un couple de retraités originaires de La Rochelle. Comme il aimait beaucoup cette région, la conversation s'était lancée sur ce sujet pour ensuite partir sur tout autre chose dont, entre autres, la photographie. L'homme était également passionné de photo. Il s'était spécialisé dans les portraits. Et après avoir beaucoup parlé et hésité, Charles avait fini par lui donner les dates de son exposition. L'homme l'avait chaleureusement félicité, et comme il passait chaque mois avec sa femme à Paris pour rendre visite à leur fille, il lui promit de venir. Charles était ravi, presque étonné d'avoir eu le courage d'en parler à des inconnus.

Il ferma le musée à dix-huit heures et traîna un peu dans les galeries. Il aimait ces moments de solitude avec pour toute compagnie la pénombre et les œuvres d'art. De plus, la température y était fraîche, contrairement à l'extérieur où on avait la sensation d'étouffer.

Avant de partir, il consulta son téléphone qui ne contenait aucun message de Juliette. Elle ne s'était pas manifestée depuis le matin où il lui avait envoyé une photo du jardin du Luxembourg en guise de clin d'œil. Elle avait dû être bien occupée en ce jour de rentrée. Il lui envoya un nouveau message pour la prévenir qu'il quittait le musée. Il enfourcha ensuite son vélo pour traverser Paris et rejoindre leur maison.

Quand il arriva, Juliette n'était pas encore rentrée. Il sortit son téléphone de sa poche et vit qu'elle lui avait laissé un message pour le prévenir qu'elle rentrerait vers vingt heures. Il était un peu plus de dix-neuf heures, ce qui laissait à Charles le temps de préparer le dîner. Il ouvrit les placards à la recherche d'une idée, et il finit par piocher dans les provisions rapportées de la campagne. Il improvisa une salade composée avec des crudités et quelques dés de fromage. Il prépara une vinaigrette, choisit une bouteille de vin blanc, et mit le couvert dans le jardin. Il monta ensuite jusqu'à la salle-de-bain pour prendre une douche bien fraîche.

Quand il en ressortit, il s'habilla puis descendit au rez-de-chaussée. Le sac à main de Juliette était posé sur la console de l'entrée, ce qui signifiait qu'elle était rentrée.

— Juliette ? Appela-t-il.

— Je suis là, lui répondit sa femme depuis le jardin.

Il sortit pour la rejoindre sous l'épais tilleul qui trônait au milieu de leur jardinet.

— Ça va ? Lui demanda-t-il en l'embrassant. Je ne t'ai pas entendue entrer.

— Je viens d'arriver. J'avais trop envie de me mettre dans cette chaise longue pour faire quoi que ce soit d'autre.

— C'est vrai qu'on est bien ici, après cette chaleur aujourd'hui.

— Ne m'en parle pas. C'était l'enfer dans le bus.

— Et à l'hôpital ? La clim est réparée ?

— Oui, heureusement. Surtout pour les patients des chambres orientés au sud. Sans clim ce n'est pas tenable. Franchement, je ne sais pas comment ils faisaient avant.

— Et bien ils dégoulinaient toute la journée et ils buvaient des litres d'eau.

Juliette sourit.

— Oui, sans doute. Bon, et toi, comment s'est passée ta journée ?

— Bien. Beaucoup de monde, mais rien de spécial. Enfin si, quand même ! J'ai fait la connaissance d'un couple de visiteurs. L'homme est passionné de photo alors on a un peu discuté et je lui ai donné les dates de mon expo. Il m'a dit qu'il viendrait.

Juliette se redressa sur sa chaise.

— Mais c'est génial ! Charles, c'est trop bien !

Elle avait l'air très enthousiaste.

— Oui je suis vraiment content. Pour tout te dire, j'ai hésité à lui en parler. On a discuté un bon moment et il m'a posé plein de questions sur mes photos. Il s'y connaissait bien, il était plutôt sympa. Sa femme aussi d'ailleurs. On a parlé pendant au vingt bonnes minutes. Et puis il m'a demandé si j'exposais. Et là, je lui ai parlé de mon expo. Il a eu l'air de s'y intéresser alors je lui ai proposé de m'appeler quand il passerait pour que je lui fasse la visite.

— Et bien chapeau ! C'est une bonne nouvelle.

— Oui c'est cool. J'espère qu'elle va fonctionner.

— Mais enfin Charles, bien-sûr que oui elle va marcher cette expo. D'abord parce que tu es doué et que tes photos sont juste sublimes. Ensuite parce que je te rappelle qu'elles seront accrochées sur les grilles du Jardin du Luxembourg devant lesquelles passent des milliers de gens chaque jour. Alors tu es sûr d'avoir du public, ne serait-ce que par la force des choses.

— Avoir du public c'est bien, c'est sûr. Encore faut-il qu'ils apprécient. Ce que j'aimerais, c'est que cette expo soit le déclencheur d'une autre, et d'une autre, et d'une autre.

— J'imagine. Mais il faut bien commencer. Et pour un commencement, c'est un sacré début. Le Luxembourg !

— Ça c'est clair. Jamais je n'aurais imaginé pouvoir en arriver là.

— Et puis cet homme que tu as rencontré aujourd'hui, il était intéressé. Ce ne sera pas le seul, tu verras.

— Oui. Enfin il m'a dit qu'il viendrait mais il l'a peut-être fait pour se débarrasser de moi.

Juliette respira bruyamment.

— Mais non ! Arrête de te sous-estimer sans arrêt, c'est fatiguant à la fin !

Charles observa Juliette. Elle avait répondu sur un ton presque agressif, ce qui ne lui ressemblait pas. Ce revirement était tout-à-fait inhabituel chez elle.

Juliette soupira.

— Excuse-moi. Ma journée a été longue et je suis fatiguée.

— OK. Va te changer si tu veux. Le dîner est prêt, tu n'auras plus qu'à mettre les pieds sous la table.

— Merci mais je n'ai pas très faim.

— Quelque chose te soucie ?

Juliette ne répondit pas tout de suite.

— Non, rien. C'est juste qu'il a fait chaud et que j'ai besoin de souffler un peu. La journée a été dure. On a perdu une patiente qui était dans le service depuis longtemps et ça nous a tous fait un choc.

— Ah… Merde.

— Oui. Je n'ai pas envie d'en parler.

— OK. C'est sûr que c'est dur pour un retour de vacances.

— Comme tu dis…

Elle se leva.

— Bon, je vais me changer.

— OK.

Il observa la démarche élégante de Juliette, le balancement de ses cheveux dans son dos, sa façon si délicate de poser sa main sur la rambarde de l'escalier. Avant de franchir le seuil de la maison, elle se retourna.

— Au fait, j'ai parlé à Arnaud de mes horaires. Il est d'accord pour que je réduise les gardes de nuit. Il va trouver une solution.

— Bien ! Ça va t'aider à souffler un peu. Le rythme irrégulier d'avant les vacances et toutes les heures supplémentaires sont intenables à la longue. C'est vraiment bien.

Juliette ne répondit pas et le sourire de Charles s'effaça de son visage. Visiblement, elle était contrariée, et il ne comprenait pas pourquoi.

Une demi-heure plus tard, Charles n'avait pas bougé. Il attendait que Juliette redescende pour le dîner. Il repensa à leur discussion. La journée de Juliette avait dû être particulièrement éprouvante pour qu'elle réagisse de la sorte. Cette attitude ne lui ressemblait pas. Cela dit, Charles devait bien reconnaître qu'elle avait raison. Il devait être exaspérant avec son éternel besoin de réassurance. C'est vrai qu'elle l'avait toujours soutenu. Elle avait toujours été là à chaque fois qu'il avait tenté quelque chose autour de la photo. C'était même elle qui l'avait poussé à continuer alors qu'il était prêt à arrêter après ses échecs aux concours. Elle avait eu raison quand elle lui avait dit qu'il pouvait toujours continuer à faire de belles photos sans pour autant chercher autre chose, juste pour le plaisir. Elle avait eu raison aussi quand elle lui avait dit qu'un jour il finirait par exposer. Evidemment il ne l'avait pas crue, et il l'aurait encore moins crue si elle lui avait dit que ce serait au Luxembourg.

Pour se faire pardonner, il se leva et entreprit de leur servir un verre de vin. Il versa le vin dans deux grands verres et tendit l'oreille. Aucun bruit ne venait de l'étage. Juliette devait être en train de s'habiller. Il prit les verres et monta. Quand il arriva dans la chambre, il découvrit Juliette allongée sur le lit. Elle dormait profondément.

Il n'osa pas la réveiller et redescendit, les deux verres toujours à la main. Un peu amer, il comprit qu'il passerait la soirée seul.

Chapitre 7

26 septembre – Un mois plus tard

Près d'un mois s'était écoulé depuis leur retour de Sologne. L'automne avait officiellement fait son entrée. Certains arbres commençaient à jaunir tandis que d'autres s'accrochaient désespérément à l'été. Les températures diminuaient, la lumière aussi.

L'exposition de Charles allait ouvrir trois jours plus tard. Tout était prêt et le stress montait. Charles se posait mille questions. Il se demandait s'il y aurait du monde, si le public apprécierait, quels seraient les retours, ce qui se passerait ensuite. Il avait à nouveau la crainte que ses photos ne soient pas à la hauteur des grilles du Luxembourg. Juliette avait beau le rassurer, rien n'y faisait. Il dormait moins bien et devenait plus irritable.

Depuis les vacances, les week-ends avaient été bien chargés, les uns et les autres voulant profiter des derniers barbecues sous le tilleul. Le défilé des amis faisait un peu taire les angoisses de Charles en lui permettant de penser à autre chose. Sauf que Juliette ne perdait pas une occasion de vanter les mérites de l'exposition de son mari, ce qui le mettait dans tous ses états, oscillant entre fierté et gêne. Bref, il était temps que l'inauguration arrive pour qu'il sache enfin à quoi s'en tenir.

Ce lundi-là avait été arrosé par une fine pluie d'automne. Les feuilles tourbillonnaient dans les rues, les arbres se dénudaient, les passants se couvraient. Les visiteurs se faisaient maintenant plus rares au musée, laissant la place aux habitués qui venaient et revenaient au gré des expositions temporaires. Avec cette météo maussade et le retour inévitable des habitudes, la journée avait été presque sinistre. Les derniers visiteurs ne s'étaient pas attardés au musée, sans doute pressés de rentrer chez eux. Charles en avait profité pour fermer rapidement et enfourcher son vélo tout en se disant qu'il n'allait pas tarder à préférer le métro. Comme il était encore tôt, il en profita pour faire une halte à l'épicerie italienne dans laquelle ils avaient leurs habitudes. La boutique était typique, hors du temps, colorée, encombrée, minuscule. L'Italie coulait dans les veines de l'épicier qui avait tout d'une caricature. Il était brun, élégant, bruyant, charmeur et doté d'un accent aux saveurs milanaises. La seule incohérence était son prénom, Elvis, qui lui avait été attribué en hommage au chanteur. C'était franchement ridicule, mais la plaisanterie l'aidait à assumer, même s'il aurait mille fois préféré s'appeler Lorenzo, Francesco ou Alessandro. Quoi qu'il en soit, il exerçait son métier avec énergie, connaissant les habitudes de ses clients et s'attachant à améliorer son offre de semaine en semaine. Ce soir-là, Charles lui acheta un assortiment d'antipasti, deux parts de Tiramisu et une bouteille de Chianti. Il savait que Juliette apprécierait et c'était rassurant.

Quand il arriva chez lui, il pleuvait à nouveau. Il rangea son vélo dans l'appentis collé à la maison puis se dirigea vers la porte d'entrée. Quand il pénétra dans le vestibule, il fut surpris de constater que Juliette était déjà rentrée. Elle avait des horaires irréguliers et elle lui avait dit le matin même qu'elle ne rentrerait pas avant vingt heures. Il avait dû mal comprendre. Elle était assise dans l'un des fauteuils en cuir sombre du salon, son sac à main posé sur les genoux. D'où il était, il ne pouvait pas la voir en entier, mais il crut la voir fourrer précipitamment quelque chose dans son sac en l'entendant arriver. Il s'avança vers elle.

— Tu es déjà là ?

— Oui, dit-elle tout sourire, je me suis trompée quand je t'ai donné mes horaires ce matin. J'ai terminé à seize heures.

— Alors tu es là depuis que tu es sortie de l'hôpital ?

— Oui. Enfin non. Je suis rentrée il y a peu de temps. J'ai fait un peu de shopping.

— Et tu as trouvé quoi ?

— Rien. Tout était moche.

— Et tu faisais quoi là ?

Juliette se leva pour venir se blottir contre lui.

— Mais c'est un interrogatoire ou quoi ? Lui demanda-t-elle en riant.

Il la serra contre lui.

— Pas du tout. Je m'étonne juste de te voir toute seule au milieu du salon avec ton sac à main sur les genoux.

Il l'éloigna un peu, juste assez pour pouvoir l'observer. Il prit son visage entre ses mains et constata qu'elle avait les yeux rouges.

— Tu es sure que tout va bien ? Lui demanda-t-il avec une pointe d'inquiétude dans la voix.

Elle leva les yeux au ciel.

— Mais oui tout va bien ! Puisque je te le dis ! Je me suis juste trompée dans mes horaires et ce temps me déprime. Mais j'ai passé une bonne journée, et à la vue de ce que tu viens de rapporter, la soirée devrait l'être aussi. Ça te va comme ça ?

Elle tendit le menton vers le sac de l'épicerie italienne.

— OK. Très bien. Je n'insiste pas.

Elle lui déposa un baiser furtif sur les lèvres et se dégagea de son étreinte.

— Je vais me changer, annonça-t-elle. Tu mets la table ?

— Pas de problème. A tout de suite.

Charles attendit d'entendre le bruit de la douche pour s'approcher du fauteuil dans lequel était assise Juliette. Il se sentait un peu coupable à l'idée de ce qu'il s'apprêtait à faire, mais c'était plus fort que lui. Il fallait qu'il sache si Juliette avait caché quelque chose dans son sac ou s'il avait rêvé. Il attrapa le sac en cuir rouge et l'ouvrit. Il jeta un coup d'œil à l'intérieur et ne vit rien de soupçonneux. Alors il entreprit de fouiller plus méticuleusement. Entre une brosse à cheveux, un tube de rouge à lèvres, un paquet de mouchoirs, un casque de téléphone, un papier à en-tête de l'hôpital plié en trois et un flacon de parfum, l'épais agenda de Juliette prenait une place impressionnante. C'était l'un de ces agendas qui contiennent plus de feuilles volantes que de pages destinées au planning. Après avoir tendu l'oreille pour s'assurer que Juliette n'allait pas réapparaitre, il ouvrit l'agenda. Il commença par détailler les papiers et les cartes de visite qui s'y trouvaient, sans rien identifier d'anormal. Puis il tourna une à une les pages en commençant par le mois de mars sans réellement savoir ce qu'il cherchait. En arrivant au début du mois de juillet, il remarqua que sur certains jours, une heure était entourée. Rien n'était jamais annoté à côté. Seule l'heure était indiquée. On retrouvait ces heures entourées au moins une fois par semaine, parfois deux, mais les jours variaient. C'était à n'y rien comprendre. Il reprit les pages précédentes, puis retourna dans l'autre sens, plus rapidement cette fois. Il était perplexe. Charles serra l'agenda un peu plus fort et le faux cuir commença à coller au bout de ses doigts. Quelque chose lui échappait. Il réfléchissait à toute vitesse avec l'horrible sensation d'avoir compris depuis le début ce qui se tramait : sa femme le trompait. A cette idée, le sang quitta son corps, remplacé par une angoisse sourde. L'imaginer avec un autre homme le rendait fou. Les pensées tournoyaient dans sa tête. Les questions aussi. De qui s'agissait-t-il ? Un ami, un collègue, un voisin, ou pire, un type rencontré sur Internet ? Fréquentait-t-elle des sites de rencontre pour les hommes et les femmes mariés ? Non, pas Juliette, pas elle. Elle n'était pas comme ça. Et puis elle ne pouvait quand même pas en être arrivée là. Alors qui était-ce ? Qui était cet homme que sa femme retrouvait chaque semaine ? La régularité des rendez-vous l'inquiétait. Pour lui, c'était mauvais signe. S'il s'était agi d'un coup de tête, elle aurait vu cet homme deux ou trois fois à la sauvette, peut-être même sans prendre la peine de noter ni la date ni l'heure. Le fait de consigner précisément chaque rencontre dans son agenda n'augurait rien de bon. Surtout qu'en l'espace de trois mois, le nombre de rendez-vous n'avait cessé d'augmenter. A bien y regarder, ils étaient même de plus en plus réguliers.

Hagard, le cœur battant, Charles referma l'agenda en tremblant. Il le remit dans le sac et se laissa tomber dans le fauteuil. Il renversa sa tête en arrière et, tout en fixant le plafond, se demanda pourquoi Juliette faisait cela. Ils étaient heureux. Enfin, c'est ce qu'il avait toujours pensé. Mais subitement il en doutait. Et aussi, il savait qu'il ne supporterait pas de la laisser s'échapper. Il voulait comprendre, savoir qui lui faisait de l'ombre, savoir qui mettait en péril son équilibre. Il voulait savoir depuis quand Juliette lui mentait. Et pourquoi elle l'avait fait.

Alors qu'il entendit la douche s'arrêter, Charles sentit une colère froide monter en lui. Elle était noire et dure, bouillonnante. Elle était faite d'impuissance et d'incompréhension. Il avait envie de tout envoyer valser. Son cœur battait à tout rompre. Ses poings se serraient à mesure que sa mâchoire se crispait. Il se mit soudain à avoir chaud, ses oreilles commencèrent à bourdonner et il tremblait de plus en plus. Il réalisa qu'il serait incapable de faire comme si de rien n'était et que deux options s'offraient à lui. Soit il mettait les pieds dans le plat ce soir et il exigeait des explications, soit il attendait d'avoir repris ses esprits pour le faire. Quoi qu'il en soit, il allait devoir prendre le taureau par les cornes pour mettre les choses au clair.

Mais Charles n'était pas fait pour l'affrontement.

Alors il choisit la fuite.

Il ressortit l'agenda du sac et l'ouvrit à la page de la semaine en cours. Il nota mentalement l'heure du prochain rendez-vous qui était prévu le surlendemain. Il remit l'agenda à sa place et arracha grossièrement une feuille d'un calepin qu'il trouva au fond d'un tiroir de cuisine. Il écrivit à la hâte un mot à l'attention de Juliette en lui disant que Rémi avait besoin de lui en urgence, qu'il n'y avait rien de grave mais qu'il ne fallait pas qu'elle l'attende et qu'il rentrerait tard.

Quand Juliette arriva en bas de l'escalier, la porte claqua.

Il était parti.

Chapitre 8

— Charles, réveille-toi. Il est huit heures.

Empêtré dans un sommeil brumeux, Charles sentit le frôlement d'une main sur son épaule. Il n'avait pas dû entendre son réveil. Au moment où il essaya d'ouvrir un œil pour vérifier l'heure, il fut pris d'un violent mal de tête. Il referma l'œil et mit ses mains de chaque côté de sa tête. Pas de doute, la migraine était carabinée. Sa bouche était pâteuse et il avait mal partout.

— Ça va ?

— Juliette, articula-t-il, j'ai mal à la tête.

— Ce n'est pas Juliette, Charles. C'est Sophie.

Charles bondit hors de la couette, les yeux ouverts pour de bon. Le mal de tête s'intensifiait au rythme de l'accélération de ses battements cardiaques. Sophie se tenait près de lui, accroupie au bord du canapé, ses longs cheveux retenus en chignon par un bandeau fleuri. Élégante et discrètement maquillée, elle était prête à partir travailler. Elle souriait.

— Comment te sens-tu ?

Il fallut quelques secondes à Charles pour que le souvenir de la veille lui revienne en mémoire. Juliette seule dans le salon, l'agenda, les rendez-vous, l'amant… Un vertige le prit et il eut la sensation que toute la pièce tournait autour de lui. Ses oreilles sifflaient, ses yeux ne lui permettaient que de voir du brouillard et il transpirait. Même la migraine paraissait plus lointaine. Puis il fut pris d'une nausée et clopina jusqu'aux toilettes pour se vider bruyamment au rythme des contractions de son estomac. Il se redressa tant bien que mal et passa par la salle-de-bain pour se rafraîchir le visage. Quand il ressortit, il se sentit un peu ragaillardi. Vide, mais plus léger. Il retourna dans le salon, un peu gêné d'offrir à sa belle-sœur le pitoyable spectacle de ses cheveux en bataille, de ses traits tirés, de ses yeux rougis et de son haleine douteuse. Il se remit sous la couette pour épargner à Sophie la vue de son caleçon. Son regard se posa sur son téléphone qui clignotait. Sophie anticipa la question.

— On a rassuré Juliette, ne t'inquiète pas.

— …

— Elle a essayé de te joindre toute la soirée. Elle n'osait pas appeler ici car tu lui as dit que Rémi avait un problème. Elle a quand même téléphoné en fin de soirée après que tu te sois endormi. On a inventé une histoire pour justifier ton départ précipité mais pour être honnête, je ne pense pas qu'elle y ait cru. On lui a dit que tu t'étais endormi sur le canapé et qu'on te gardait pour la nuit.

— Elle a dit quoi ?

— Elle était contrariée, c'est sûr. Je crois qu'elle s'est vraiment inquiétée, pour Rémi et pour toi. Et comme la version que nous lui avons servie n'était pas très convaincante, je pense que c'est encore le cas.

Charles ne savait pas quoi penser, pas quoi répondre. Il s'en voulait d'être parti sur un coup de tête sans explication et que Juliette se soit inquiétée. Mais dès qu'il l'imaginait dans les bras d'un autre, le sang quittait son corps et il paniquait. Il savait qu'il ne pourrait pas vivre sans elle si un jour elle décidait de le quitter. Quand il était arrivé chez Rémi la veille, il était comme fou. Son frère l'avait rapidement entraîné dans son bureau et une fois au calme, il avait tout raconté. L'agenda, les rendez-vous, l'autre dont il ne savait rien. Tout en parlant, il avait repensé à l'attitude un peu déroutante de Juliette ces derniers temps. Elle était plus sensible, presque à fleur de peau. Elle était plus rêveuse, plus distraite. Pour la première fois en vingt ans, elle avait voulu revenir en Normandie sur les traces de son enfance. Elle en avait été bouleversée. Et puis ce manque d'entrain, l'envie de rester chez elle, seule le plus souvent. Il y avait aussi ce prétexte de la fatigue de ses journées à l'hôpital pour s'isoler le soir. S'il avait dû mettre un mot sur son ressenti, il aurait dit qu'elle était plus lointaine. Il n'y avait rien à faire, il ne comprenait pas pourquoi.

Rémi l'avait écouté attentivement, puis il avait posé quelques questions pour y voir plus clair. Charles n'avait rien caché à son frère, y compris ses inquiétudes concernant la raison de l'éloignement de sa femme. Rémi n'imaginait pas une seule seconde que Juliette puisse être tombée amoureuse d'un autre. Une aventure passagère pourquoi pas, mais pas plus. Et puis tout cela ne changeait rien. Charles ne supportait pas cette idée.

— Rémi m'a expliqué, reprit Sophie doucement. Je voulais juste te dire que je ne sais rien de ce qu'elle semble te cacher. Elle ne s'est pas confiée à moi, elle ne m'a rien dit. Je suis un peu de l'avis de Rémi. J'ai du mal à imaginer qu'elle puisse être tombée amoureuse de quelqu'un d'autre.

— Alors comment expliquer son attitude bizarre, ses cachotteries ? Je ne vois aucune autre raison valable.

— C'est vrai que c'est étonnant et que tout peut laisser à penser qu'elle va voir ailleurs. Mais j'ai vraiment du mal à y croire.

— Ouais… répondit mollement Charles. Moi aussi j'ai du mal à y croire. On a tout pour être heureux. Elle ne m'a jamais reproché quoi que ce soit. Mais je ne vois pas d'autre explication. Ça me rend dingue.

— Je sais.

Ils restèrent silencieux quelques instants, un peu gênés malgré tout.

— Tu devrais avoir une bonne discussion avec elle, suggéra Sophie. Vous avez l'habitude de vous parler il me semble. Mets les pieds dans le plat, dis-lui que tu la trouves changée, que tu as vu ces rendez-vous dans son agenda, que tu t'interroges et que cela t'inquiète. Elle te dira ce qu'il en est, j'en suis certaine.

— Moi pas. Si elle voit quelqu'un d'autre elle ne va pas me le dire.

— Tu n'en sais rien. Elle attend peut-être que tu provoques une discussion pour te dire ce qu'elle a sur le cœur.

— Tu crois ?

— Parfois les femmes sont comme ça. Elles attendent que ce soit l'autre qui aborde les sujets qui font mal.

— Pas Juliette. Je suis sûr que si elle veut me cacher quelque chose elle ne me dira rien.

— Ecoute, tu verras bien. Quoi qu'il en soit, il faut que tu aies cette discussion avec elle. Et rapidement.

— J'imagine.

— Bon, en attendant, tu dois aller travailler.

— Ouais…

— Allez, lève-toi, va prendre une bonne douche. Je te prépare un café pendant ce temps-là.

— Merci, répondit-il.

Sophie lui sourit en retour et se leva pour ranger le lit improvisé.

— Ne t'en fais pas, ça va s'arranger.

Charles prit la direction de la salle-de-bain tout en se disant que discussion ou pas, il fallait qu'il tente de comprendre de quoi il en retournait vraiment.

***

La journée s'écoula au rythme des secondes égrenées par la ronde des pensées. Charles n'était pas parvenu à s'extraire du tourbillon de son imagination galopante. Il ne pensait qu'à la soirée de la veille, à l'attitude de Juliette qui lui semblait de plus en plus étrange, à son éloignement, imperceptible mais bien là. Au fond de lui, il savait que Sophie avait raison et qu'une discussion s'imposait. Depuis le début, ils avaient été honnêtes l'un envers l'autre, ou du moins Charles l'avait été. Il avait du mal à croire que les choses aient pu changer. Pourtant, il devait bien se rendre à l'évidence, Juliette n'était plus tout-à-fait la même.

C'est avec un nœud dans le ventre et le cœur cognant un peu plus fort dans la poitrine qu'il prit le chemin de la maison après avoir fermé le musée.

Ce jour-là, il pédala plus vite que d'habitude, forçant sur ses cuisses jusqu'à ce qu'elles lui fassent mal. Quand il arriva devant leur grande porte cochère, il était essoufflé. Il pénétra dans l'allée arborée en reprenant son souffle et quand il voulut ouvrir le portillon de leur jardin, il consta qu'il était fermé à clef. Juliette n'était pas encore rentrée. D'un côté, il était soulagé car cela signifiait qu'il avait encore un peu de répit. Mais de l'autre, il aurait aimé pouvoir l'affronter le plus tôt possible pour y voir plus clair. Quitte à souffrir, autant que ce soit pour de bon. Et puis qui sait, contre toute attente, elle lui fournirait peut-être une explication.

Il ouvrit la porte de la maison d'un coup sec, comme pour gagner un peu du courage qui lui permettrait d'affronter les heures à venir. Il jeta son sac sur le sol de l'entrée et resta sur place quelques secondes, le temps d'observer l'intérieur de la maison. Puis il fonça vers le meuble en bois brun du salon. Celui où ils rangeaient leurs papiers. Il ouvrit la porte de droite et saisit deux boîtes de rangement desquelles il sortit tout un tas de dossiers. Il les étala sur la table et fouilla fébrilement dans les papiers, ne sachant pas vraiment ce qu'il cherchait. Après avoir épluché factures et contrats, il rangea sommairement les documents à leur place et se dirigea dans la cuisine. Il ouvrit les placards un à un, enfonçant son bras au plus profond des meubles à la recherche de quelque chose de suspect. Ne trouvant rien, il s'attaqua ensuite au reste du salon, retournant les vases, déplaçant les bibelots, allant même jusqu'à regarder entre le verre et le carton des cadres photo. Toujours rien. Si ce n'est cette angoisse et cette colère qui montaient en lui et qui le laissaient à peine respirer. Alors il grimpa l'escalier quatre à quatre et entreprit de fouiller la salle-de-bain. Il passa ensuite à la chambre où il souleva une à une les piles de vêtements. Il inspecta sommairement les livres et examina la boîte à bijoux en bois délicat. Il sut qu'il touchait au but quand le tiroir de la table de nuit de Juliette lui résista. Il était fermé à clef et celle-ci était introuvable. Il eut beau tirer sur le meuble de toutes ses forces, rien n'y fit. L'énervement lui montait à la tête, faisant battre violemment le sang contre ses tempes. Il donna un coup de pied dans la table de nuit, ce qui n'arrangea rien, mais ce qui eut le mérite de lui faire prendre conscience qu'il commençait à faire n'importe quoi. Alors, il remit ce qu'il avait déplacé en ordre et regagna la cuisine. Il se servit un verre de vin qu'il avala d'un trait, puis un deuxième qu'il emporta avec lui dans le salon. Ce n'est qu'après plusieurs minutes de calme qu'il sentit sa crispation s'atténuer.

Quand Juliette franchit le seuil de la maison, Charles était toujours assis dans le salon, dans ce même fauteuil où il l'avait surprise à ranger à la hâte son agenda dans son sac. Elle posa ses affaires dans l'entrée, retira son trench encore humide de la bruine grise qui tombait depuis le matin, puis passa nerveusement les mains dans ses cheveux, comme pour se rassurer. Elle avança vers Charles tout en observant l'arrière de sa tête et sa nuque légèrement courbée. Elle pouvait sentir la tension qui l'habitait. Elle respira et mit ses mains sur les épaules de son mari. Son regard se posa sur le contraste que créait le rouge de ses ongles récemment vernis et le bleu marine de la chemise de Charles dont la légère odeur de lessive parvenait à ses narines acérées. Son cœur cognait dans sa poitrine et sa respiration s'accélérait malgré elle. Elle demeura ainsi quelques secondes, juste le temps de se sentir prête. Puis elle allégea la pression sur les épaules de Charles et le contourna pour s'asseoir sur le bord du fauteuil d'en face.

Elle se lança.

— Charles, que se passe-t-il ? Je t'ai appelé hier soir et tu n'as pas répondu. Je t'ai envoyé des messages toute la journée et je n'ai reçu aucune réponse. Je ne crois pas une seule seconde à l'histoire que Sophie m'a racontée quand j'ai fini par l'appeler tellement j'étais inquiète. Je sais que tu me caches quelque chose.

Charles leva les yeux vers elle et la détailla sans retenue. Elle était belle. Et elle renversait la situation.

— Charles ?

— N'inverse pas les rôles.

Juliette réagit à peine.

— De quoi parles-tu ?

— Je ne sais pas justement. C'est plutôt à toi de me le dire.

Le ton de sa voix était froid et sec.

— Comment ça ?

— Tu sais très bien de quoi je parle.

Juliette le regarda avec circonspection. S'il n'avait pas été certain de l'avoir vue dissimuler son agenda, il aurait pu croire qu'elle était blanche comme neige. La colère l'envahit.

— Tu te fous de moi ? Juliette ! Je t'ai vue ! Je t'ai vue planquer ton agenda dans ton sac l'autre soir quand tu étais dans ce fauteuil. Alors ne joue pas à ce jeu-là. Ne fais pas l'innocente. Ça m'énerve encore plus.

Juliette ouvrait de grands yeux.

— Mon agenda ? Mais qu'est-ce que tu racontes ? Pourquoi je l'aurais caché ?

— Arrête…

Charles la regardait avec un mélange de rage et de lassitude.

Il ne répondait pas.

Juliette ne bougeait pas.

Les secondes s'éternisaient.

— Mais enfin, pourquoi veux-tu que je cache mon agenda ?

Charles se leva d'un bon et explosa.

— Arrête Juliette ! Arrête de me prendre pour un con ! J'ai vu les rendez-vous ! Je les ai vus ! Alors arrête de faire comme si tu ne savais pas de quoi je parle ! C'est qui ce connard ?

Juliette s'était imperceptiblement recroquevillée. Elle le regardait d'un air hébété.

— Mais je ne sais pas de quoi tu parles ! Je t'assure ! Je n'ai de rendez-vous avec personne ! Qu'est-ce que tu me racontes ?

Charles fit volte-face et fonça dans l'entrée. Il attrapa le sac à main et l'ouvrit violemment. Il en sortit l'agenda et, tout en retournant auprès de Juliette, tourna les pages à toute vitesse. Il manqua d'en déchirer une.

— Et ça ? Cria-t-il en lui brandissant l'agenda sous le nez. C'est quoi ? Tu peux me dire ? Là, regarde ! Et là ? Et là encore ? Hein ? C'est quoi ?

Il désignait d'un doigt tremblant les heures encerclées une à une.

Juliette avait pâli.

— Mais… mais… Ce n'est pas un homme… Je te le jure… Je t'assure…

Elle bredouillait tandis que Charles la fusillait du regard.

— Charles… Je t'en prie… Ce ne sont que des réunions à l'hôpital. Comment peux-tu penser qu'il s'agisse d'autre chose ?

— Des réunions ? Tu te fous de moi ! Non mais des réunions ? Franchement ! Sans heure, sans objet ? Tu penses sérieusement que je vais te croire ?

Juliette ne savait plus quoi dire. Elle le regardait du fond de son fauteuil, sans réagir.

— Tu vois, tu n'es même pas foutue d'inventer un mensonge crédible ! Qu'est-ce que tu crois ? Que tu peux m'embobiner avec un bobard aussi gros que ça ? Tu me prends pour le dernier des cons ou quoi ? Tu croyais quoi ? Que tu pouvais te taper un mec dans mon dos sans que je m'en aperçoive ? Merde Juliette ! Je croyais qu'on se faisait confiance ! Depuis quand ça dure ? Et c'est qui ? Et vous faites ça où ? Et pourquoi tu fais ça ? Juliette ! Pourquoi ? C'est quoi ton…

Juliette le coupa net.

— Ça suffit ! J'en ai assez de t'entendre débiter des conneries ! Si je te dis qu'il n'y a personne d'autre, c'est qu'il n'y a personne d'autre ! Si tu ne me fais pas confiance, c'est bien dommage, mais arrête d'inventer des trucs. Ces soi-disant rendez-vous sont des réunions d'équipe. Et si je ne mets aucun intitulé, c'est parce que je sais ce que c'est et que je n'en ai pas besoin. Comme tu le vois, il y en a chaque semaine, et ce n'est pas forcément le même jour. Si c'était le même jour je n'aurais pas besoin de le noter pour m'en souvenir. Donc maintenant ça suffit, j'en ai assez, on arrête là.

Elle se leva et le contourna pour se diriger vers l'escalier. Il se retourna sur son passage et l'accompagna du regard, stupéfait. Elle monta les marches une à une, les poings serrés, la tête haute. Arrivée sur le pallier, elle entra dans la chambre et claqua la porte, laissant Charles planté au milieu du salon.

Il retourna s'asseoir dans le fauteuil. Puis il se releva, marcha jusqu'à l'escalier, fit demi-tour, revint sur ses pas et finit par aller dans la cuisine. Il ouvrit le robinet en grand et s'aspergea le visage. Il s'essuya grossièrement avec le torchon, les mâchoires serrées. Il ne savait plus quoi penser. Il n'était pas habitué à hausser le ton, ni à se disputer avec Juliette. Ce soir, la discussion avait été courte, mais bruyante. Il était éprouvé, et il avait l'impression que c'était pour rien car il n'était pas certain d'en savoir plus.

Il se mit à tourner en rond dans la cuisine, le cœur battant. Il ne savait plus quoi faire, ni quoi penser. Il aurait tellement voulu croire Juliette. Se dire que ce n'était rien, qu'il avait mal vu, qu'il y avait une explication logique à tout ça. Mais c'était trop gros. Beaucoup trop gros. Imaginer les mains d'un autre homme sur le corps de sa femme était insoutenable. Il fallait à tout prix qu'il arrête d'y penser, sinon il allait devenir fou. Et puis surtout, il fallait qu'il sache.

Chapitre 9

28 septembre – Le lendemain

Charles se réveilla en sursaut, au bord de l'asphyxie. Les cheveux hirsutes, le regard presque fou, il se redressa dans le lit à la recherche d'un peu d'air. Son cœur menaçait de sortir de sa poitrine. Sa tête était prise en étau entre ses deux tempes affreusement douloureuses. La nuit avait été plus que courte. S'il ne s'était pas surpris à se réveiller aussi violemment, il aurait pu jurer qu'il n'avait pas dormi.

Après la dispute de la veille, il avait tourné en rond dans la maison comme un lion enragé. Et comme rien n'était parvenu à le calmer, il avait fini par sortir sur un coup de tête, ne trouvant qu'un peu d'apaisement dans l'air frais et humide de la capitale embrumée. Il avait marché sans s'arrêter, arpentant d'un pas décidé les rues vidées des parisiens que la météo avait découragés. Quand il était rentré deux heures plus tard, il était à peine calmé. Toutefois, sa balade nocturne avait eu le mérite de le faire réfléchir. Pour le moment, il ne pouvait se résoudre à tenter de croire à la version de Juliette, même s'il devait bien avouer qu'elle était crédible. Il y avait pensé toute la nuit. Les réunions, l'équipe, l'hôpital... C'était possible. Peut-être qu'elle disait vrai. Peut-être qu'il avait laissé l'affabulation et la panique prendre toute la place. Peut-être qu'il se torturait pour rien. Et qu'il la torturait aussi d'ailleurs. Alors oui, c'était possible. Mais pas certain.

Maintenant il avait deux choix. Choisir de croire Juliette et oublier ses soupçons pour de bon. Ou choisir de ne pas le faire et chercher la vérité à tout prix. Tout au fond de lui, il avait envie de la croire, sûrement parce qu'ils avaient toujours eu une confiance aveugle l'un envers l'autre. Mais c'était plus fort que lui, il ne pouvait s'empêcher de douter.

Il n'eut pas longtemps à réfléchir avant de décider d'éclaircir les choses. Il avait noté que le prochain rendez-vous était programmé le jour même à douze heures quarante cinq. Il allait se rendre à l'hôpital et voir si elle en sortait. Le cas échéant, il la suivrait. Simple et efficace. Et puis il verrait bien. Il préférait ne pas trop se poser de questions.

Il regarda l'heure. En temps normal, il aurait déjà été en retard. Il attrapa son téléphone et composa le numéro de son responsable. Il avait besoin de sa journée, alors tant pis pour la culpabilité.

***

Il était un peu plus de onze heures quand Charles se gara sur le parking de l'hôpital. Il était prêt à attendre aussi longtemps qu'il le faudrait. Il n'avait aucune idée de l'endroit où Juliette avait rendez-vous, alors il préférait ne prendre aucun risque pour être certain de ne pas la rater. Il choisit un emplacement discret, derrière une camionnette. À l'abri des regards, il voyait parfaitement l'entrée de l'hôpital et distinguait clairement chaque personne qui en sortait. Il se sentait un peu mal à l'aise. Comme s'il était devenu un voleur. Comme s'il n'avait pas vraiment le droit d'être là. Il mit sa gêne de côté et éteignit le moteur.

Une heure trente plus tard, il en était au même stade. Les allées et venues n'avaient pas cessé. Il avait vu passer des soignants en blouse blanche, des patients qui traînaient leurs perfusions, des brancardiers, des gens pressés, des fumeurs... Mais pas Juliette. Elle avait peut-être rendez-vous tout près de l'hôpital.

Il commençait à avoir mal partout. Il avait des fourmis dans les jambes et les fesses engourdies. Il aurait aimé pouvoir s'étirer, mais il était hors de question qu'il sorte de la voiture. C'était trop risqué. Il sursauta quand son téléphone sonna. C'était Rémi.

— Allo ?

— Charles c'est moi. Comment ça va ?

Il s'efforça de prendre un ton le plus naturel possible.

— Ça va. Et toi ?

— Bien. Mais c'est plutôt à toi qu'il faut le demander. Tu as pu parler avec Juliette ?

— Oui. Hier soir.

— Et alors ? Ça a donné quoi ?

— Elle me jure que je me fais des films. Qu'elle n'a pas d'amant et que ce sont des réunions.

— Des réunions ?

— Oui. Des réunions d'équipe. D'après elle, elle n'a pas besoin de noter de quoi il s'agit car elle le sait. Elle était énervée. Elle est montée se coucher direct et quand je me suis réveillé ce matin elle était déjà partie.

— Et bien tu vois. Ce n'était pas la peine de te mettre dans tous tes états. Tu l'as ton explication.

— ...

— Charles ?

— ...

— Charles ? Ne me dis pas que tu ne la crois pas.

— Non... Enfin si...

— Enfin quoi ?

— Je ne sais pas. Voilà.

— Tu ne sais pas quoi ?

— Si elle dit la vérité ou si elle essaie de m'embobiner.

— Tu es sérieux ?

— Oui. Je ne sais pas quoi penser.

— Écoute, comme je te l'ai dit l'autre soir, ça m'étonnerait franchement qu'elle ait quelqu'un d'autre. Ce n'est pas son style. Et à mon avis, si c'était le cas, tu l'aurais grillée depuis belle lurette. Je pense que tu te prends la tête pour rien. Je comprends que tu te sois posé des questions en voyant son agenda mais là, l'explication est claire. Alors arrête de te prendre le chou pour rien.

— Ouais...

— Ou alors...

— Ou alors quoi ?

— Ou alors elle a viré de bord et elle est amoureuse d'une autre nana !

Rémi éclata de rire à l'autre bout du fil.

Pas Charles.

— Non mais qu'est-ce que tu es con quand tu t'y mets !

— Allez c'est bon ! C'est juste pour rigoler. Il faut bien détendre un peu l'atmosphère hein ?

— Pas vraiment non. Je n'ai pas la tête à la rigolade tu vois.

— Pff... Tu n'es vraiment pas drôle. Et puis d'abord, pourquoi tu parles tout doucement depuis tout à l'heure ? Tu as du monde autour de toi au musée ?

Charles rougit bêtement, comme un gamin qui aurait été surpris en train de chiper une poignée de bonbons.

— Heu non... Je ne suis pas au musée. J'ai pris ma journée. Je n'avais pas le courage d'aller travailler.

— Tu es chez toi ?

— Bah oui.

— Non. Tu n'es pas chez toi. Tu es où ?

— Mais si, je suis chez moi. C'est juste que...

Rémi l'interrompit dans un éclat de rire.

— Ne me dis pas que tu es en filature ?

— ...

Rémi riait de plus belle.

— Non mais là, c'est du grand n'importe quoi. Tu as complètement craqué mon pote !

— Rémi... Arrête...

— Non mais je rêve ! Tu pètes un plomb ma parole ! Ça te monte à la tête cette histoire.

Bien que caché derrière son téléphone, Charles était au plus mal.

— Mais non, ça ne me monte pas à la tête... Je suis inquiet c'est tout. J'ai peur qu'elle ait trouvé mieux que moi et qu'elle me quitte.

Rémi éclata d'un rire bruyant.

— Et tu crois que c'est en l'espionnant que tu vas éviter ça ? C'est délirant. Comment tu comptes t'y prendre ? Si tu la vois sortir avec un homme tu vas faire quoi ? Surgir de ta bagnole et lui casser la gueule ? Et si elle sort seule, tu vas la suivre en voiture comme dans les films ? Je suis mort de rire rien qu'en t'imaginant ratatiné au fond de ton siège avec tes lunettes de soleil. Non mais tu te rends compte à quel point c'est ridicule ?

Charles prit malgré lui un ton agressif.

— Non ce n'est pas ridicule ! Je flippe ! Tu peux comprendre ça ? C'est quand même pas compliqué ! Ah mais non, j'oubliais... Bien-sûr que tu ne peux pas comprendre. Ta vie est parfaite, ta femme est parfaite, tu ES parfait ! C'est facile, tout roule toujours pour toi. Tout a TOUJOURS roulé pour toi. Tu n'as jamais eu à te poser aucune question. Tu as tout pour toi. Un boulot qui t'éclate, des enfants parfaits, une femme qui t'adore et qui est aux petits soins pour toi. Tu sais toujours quoi faire en toute circonstance. Tu es drôle. Tu es toujours à l'aise. Tu as plein d'amis. Tout le monde est à tes pieds. Tout le temps. Alors c'est clair que dans ce contexte, j'imagine bien que tu puisses ne pas comprendre comment un pauvre type comme moi ose s'inquiéter du fait que sa femme soit potentiellement en train de lui raconter des bobards pour s'envoyer en l'air avec un autre gars ! C'est sûr que ça doit te dépasser complètement ! Ça doit même te faire carrément chier ! Hein ?

Le silence lui répondit, soulignant la véhémence de ses propos.

Charles avait chaud.

La nausée le guettait.

Rémi ne riait plus.

— Bon, on va mettre ça sur le compte de l'inquiétude. On va dire que je vais raccrocher et oublier ce que tu viens de me dire. Mais avant, j'aimerais que tu entendes ce que j'en pense. Contrairement à ce que tu dis, tu n'as rien d'un pauvre type. Tu as une vie confortable, une femme qui t'aime, deux maisons magnifiques. Tu n'as pas d'enfant car c'est toi qui l'as voulu. Tu as peut-être moins d'amis que moi mais crois-moi, l'amitié ne se compte pas en nombre de contacts dans ton téléphone, mais en qualité de la relation. Et sur ce terrain-là, tu as une longueur d'avance sur moi. Et puis surtout Charles, tu as la chance d'avoir du talent. Il serait grand temps que tu l'acceptes. Et à ce sujet, je te rappelle que ton expo ouvre demain. J'aimerais bien que tu ne gâches pas tout à cause d'une histoire qui n'a aucun sens. Donc je vais te laisser, et toi tu vas oublier Juliette et rentrer chez toi. Picole, va courir, j'en sais rien, mais oublie ça. Je te rappelle que ce soir tu dois passer au Luxembourg pour vérifier si tout est ok. Le vernissage est pour demain et ce ne serait pas du luxe que tu sois un minimum opérationnel. Quant à Juliette, tu crois ce que tu veux, mais je pense qu'elle te dit la vérité. Elle t'aime et tu le sais. Lâche lui un peu la bride, ça vous fera du bien à tous les deux. Et si tu veux que je t'accompagne ce soir tu me fais signe, je serai disponible.

— Hum…

— OK ?

— Non merci, je vais me débrouiller.

— Très bien. Je te laisse. On se voit demain soir et d'ici là, si tu as besoin tu m'appelles.

— Oui.

Charles entendit la communication se couper et le silence prit toute la place.

Il posa le téléphone sur ses genoux et regarda droit devant lui, sans vraiment voir le mur en béton gris qui lui faisait face. Un sentiment de honte l'envahit. La conversation qu'il venait d'avoir avec son frère lui avait fait l'effet d'une douche froide. Il revenait soudainement à la réalité. Rémi avait raison, il faisait n'importe quoi. Il paniquait à en perdre tout sens commun.

Il s'observa malgré lui. Les cheveux encore en bataille et les yeux cernés, il faisait peur. Planqué dans sa voiture, la peur de voir surgir Juliette au bras d'un autre le rongeait. Il frisait le ridicule.

Il inspira lentement en fermant les yeux, engouffrant le plus d'air possible dans ses poumons, puis il ouvrit la bouche et souffla d'un coup sec en regardant droit devant lui. Il se redressa sur son siège et posa les mains sur le volant. Il était douze heures quarante-cinq et Juliette n'était pas apparue. Il envisagea la possibilité qu'elle ait annulé son rendez-vous à la dernière minute en raison de leur dispute de la veille, ou que l'homme en question soit un membre du personnel de l'hôpital. Mais il se força à penser que Juliette lui avait dit la vérité, et que Rémi avait raison. Il décida de tenter de la croire. D'abord parce que malgré tout il avait confiance en elle. Ensuite parce qu'il en avait besoin. Il tenait trop à tout ce qu'il avait. Sa vie tranquille, ses habitudes, ses repères... Il ne pouvait pas se résoudre à imaginer que son quotidien ne puisse être qu'une illusion. Il avait conscience qu'il allait devoir prendre sur lui, mais il était prêt à consentir à pas mal d'efforts pour maintenir en ordre de marche son quotidien qui lui apparaissait maintenant un peu trop fragile.

Il démarra la voiture et sortit lentement du parking pour prendre la direction de sa maison. A présent, il se sentait un peu moins mal, l'étau qui lui serrait violemment la poitrine depuis deux jours laissant un peu plus passer l'air.

***

De retour d'une marche dans Paris pour tenter de calmer ses angoisses, Charles poussa le portillon du jardin aux alentours de vingt heures. La lumière était allumée dans le salon : Juliette était rentrée. Il sentit une vague d'appréhension le gagner. Son cœur s'accéléra, ses mains se mirent à trembler légèrement et ses paumes devinrent moites. Il prit soin de respirer profondément et s'efforça de paraître détendu.

Quand il ouvrit la porte de la maison, il tomba nez-à-nez avec Juliette qui descendait l'escalier. Il l'observa à toute vitesse, comme s'il n'avait eu droit qu'à quelques secondes pour le faire. Il la scruta dans les moindres détails, avide de signes qui pourraient l'apaiser. Les cheveux détachés, la bouche entrouverte et la main droite posée avec grâce sur la rampe d'escalier, elle s'était figée en une fraction de seconde. Elle était belle, malgré ses yeux cernés et son regard las. Elle non plus n'avait pas dû beaucoup dormir la nuit précédente. Il déglutit avec difficulté.

— Bonsoir chérie.

Elle hésita une fraction de seconde, juste assez pour que Charles ait le temps d'imaginer le pire.

— Bonsoir.

Un léger sourire se dessina sur ses lèvres.

— Merci pour les fleurs. Elles sont vraiment magnifiques.

Elle pointa du menton le salon au milieu duquel trônait un énorme bouquet de roses multicolores. Après avoir quitté le parking de l'hôpital, Charles avait fait une halte chez un fleuriste où il avait choisi le plus beau des bouquets que la boutique possédait. Il y avait glissé un petit mot rédigé avec soin dans lequel il demandait à Juliette de lui pardonner son attitude. Il était ensuite retourné à l'hôpital où il avait déposé les fleurs à l'attention de sa femme. Puis il était rentré chez lui et il avait déjeuné devant un film qui lui avait permis de se détendre un peu.

— Je suis content qu'elles t'aient plu.

Ils étaient un peu embarrassés tous les deux, ne sachant pas quel devait être le pas suivant.

— Je suis désolé Juliette. Vraiment.

Juliette pencha la tête sur le côté et son sourire s'élargit imperceptiblement. Elle finit de descendre l'escalier et se posta devant Charles. Elle lui prit les mains.

— C'est moi qui suis désolée. J'ai dû rater quelque chose pour que tu puisses croire des choses pareilles.

— Non. C'est entièrement de ma faute. Cette histoire d'agenda m'est montée à la tête. Je me suis imaginé des trucs pas possibles. Je t'aime Juliette, et au fond, je crois que j'ai juste peur de te perdre.

Juliette l'observait.

— Et maintenant ? Tu me crois ou tu as encore un doute ?

Charles serra la mâchoire et inspira plus fort qu'il ne l'aurait voulu.

— Oui je te crois.

L'intensité du regard de Juliette le brûlait presque.

— Je te crois, répéta-t-il. Pardonne-moi de t'avoir blessée.

— Tu n'as rien à te faire pardonner.

Elle déposa un baiser furtif sur ses lèvres et l'entraîna dans la cuisine.

— Viens dîner. J'ai préparé un gratin. Tu veux du vin ?

— Oui, s'il te plaît.

Juliette saisit deux verres qu'elle remplit d'un liquide vermillon à l'odeur fruitée. Elle en tendit un à Charles et sourit avant de plonger ses lèvres dans le sien.

— Trinquons à ton expo. Il n'y a que cela qui compte. Tu en as tellement rêvé. Je suis fière de toi.

Charles lui rendit son sourire.

— Merci.

Le nœud dans sa gorge l'empêcha d'en dire davantage. Il avala une gorgée de vin pour dissiper son trouble. Il tira un tabouret sur lequel il s'assit en équilibre pour se donner une contenance et tenter de faire bonne figure malgré tout.

***

Charles regarda son réveil. Il était cinq heures et il tournait en rond depuis plus de deux heures. Allongée à ses côtés, Juliette dormait paisiblement. Son souffle régulier le berçait. Il y était tellement habitué... Depuis leur rencontre, Charles avait toujours aimé s'endormir auprès d'elle. Cela avait quelque chose d'évident, de rassurant.

Il s'était endormi rapidement, fatigué par ces derniers jours de tension et sa précédente nuit trop courte. Puis il s'était réveillé en sursaut, la sueur coulant dans son dos et sur ses tempes. Son cœur cognait dans sa poitrine. Il avait chaud. Il s'était levé pour s'asperger le visage d'eau fraîche et en boire quelques gorgées. Il avait ensuite ouvert avec précaution la fenêtre de la chambre pour respirer un peu de l'air de la nuit. Quand il s'était recouché quelques minutes plus tard, son rythme cardiaque s'était apaisé.

Il pensait à Juliette. La soirée avait été tendue malgré sa volonté affirmée d'arrondir les angles. Ils n'avaient pas reparlé des soupçons de Charles, se concentrant volontairement, et sans se le dire, sur des sujets plus consensuels tels que les amis, la maison, les prochaines vacances et, comble de la volonté de ne prendre aucun risque, la météo. Bien-sûr, ils avaient parlé de l'exposition de Charles qui débutait le lendemain. Une fois de plus, Juliette l'avait rassuré. Il en avait besoin. Pas seulement à cause de leur dispute et de son équilibre qu'elle menaçait, mais aussi à cause de son manque habituel de confiance en lui et de sa perpétuelle insatisfaction. Au fil de leur discussion, Charles avait compris que Juliette mettait sur le compte de l'angoisse une bonne partie de leur crise de ces derniers jours. Elle ne l'avait pas exprimé directement, mais le sous-entendu était clair. Après tout, elle n'avait peut-être pas complètement tort. Quand il repensait à la réaction qu'il avait eue, il devait bien reconnaître qu'il avait exagéré, et il était fort possible que l'appréhension des prochaines heures n'y ait pas été étrangère. Pour autant, l'inquiétude restait tapie au fond de lui, comme l'écho sourd d'une douleur qui ne lui appartenait pas encore.

Charles respira profondément, décidé à faire cesser le flux de ses pensées et à profiter des dernières heures de sommeil qui s'offraient encore à lui. L'inauguration était programmée à dix-sept heures et il avait posé sa journée, ainsi que la suivante. Cependant, même s'il pouvait se payer le luxe de faire la grasse matinée, il préférait se lever en même temps que Juliette pour prendre son petit-déjeuner avec elle. Il se tourna sur le côté et se colla contre le corps chaud de sa femme qu'il entoura de son bras. Il respira ses cheveux, ferma les yeux, et s'efforça de convoquer des pensées agréables pour remplacer ses ressassements inutiles.

Chapitre 10

29 septembre – Quelques heures plus tard

— Je vous propose de lever notre verre à Charles et à son exposition ! Au nom de tes amis et de notre famille, je tiens à te féliciter et à te dire que nous sommes tous fiers de toi. Cette inauguration a été une réussite et ton exposition promet d'en suivre le chemin. Après toutes ces années de pratique, la récompense arrive enfin et nous en sommes tous très heureux. Ton succès est largement mérité !

Rémi leva sa flûte de champagne et sourit à son frère dans un clin d'œil. Charles lui rendit son sourire en trempa ses lèvres dans la fraîcheur des bulles. A présent, il pouvait se détendre.

La journée avait commencé sur une note amère. Quand Charles s'était réveillé, il était presque neuf heures et Juliette était partie depuis longtemps. Déçu de ne pas pouvoir partager quelques instants avec elle, il avait décidé de s'offrir un bon petit-déjeuner promettant de compenser une partie de sa frustration. Il avait filé à la boulangerie d'où il avait rapporté un croissant et un pain au chocolat qu'il avait accompagnés d'un café serré. Puis il avait passé la journée dans son atelier à tenter de se préparer. Il avait répété quelques phrases toutes faites destinées aux potentielles rencontres qu'il s'imaginait pouvoir faire le soir même. Il avait également regardé chaque photo, longuement, s'immergeant dans le moindre de leurs détails. Il voulait pouvoir en expliquer chaque histoire, chaque émotion, chaque grain. Il avait pris plaisir à se laisser aller à cet exercice. Se replonger dans ses virées parisiennes, à se perdre au hasard des rues, à guetter le moment propice à la création d'une photo unique. Revivre chaque rencontre, chaque échange, chaque partage. L'unicité de l'instant avec l'autre. Quel qu'il soit. Il considérait que son travail en valait la peine quand il parvenait à faire en sorte que l'image remplace la parole. Quand les mots de ceux qui voyaient ses photos auraient pu être les siens. C'était seulement là qu'il parvenait à estimer son travail. C'était à ce prix qu'il reconnaissait que sa création avait de la valeur. Et ce soir, la magie avait opéré.

L'inauguration de son exposition avait remporté un franc succès. Tout s'était déroulé comme prévu et il y avait encore plus de monde que ce que Charles avait imaginé. Quand il était arrivé devant les grilles du Luxembourg, il avait été saisi par la taille des panneaux sur lesquels étaient reproduits ses clichés. Tout lui sautait au visage. Les regards, les couleurs, les rides, les crasses, les sourires, les larmes... Tout était plus grand. Plus violent. Plus beau. C'était immense. Immensément inespéré. Immensément déstabilisant.

La soirée s'était déroulée comme dans un rêve. Charles avait navigué d'invité en invité, recevant avec précaution les éloges des uns et des autres comme s'il ne s'était pas agi de lui. Il s'était prêté de bonne grâce au jeu des poignées de mains et des embrassades, expérimentant la concentration en un seul moment et en un seul lieu de dizaines et de dizaines de compliments sur son travail. Il aurait voulu pouvoir les noter tant il avait peur de les oublier. Il se sentait plus fort, plus grand, plein d'énergie. Il s'était mis à parler librement, oubliant ses phrases répétées l'après-midi même dans l'angoisse de ce moment qu'il avait tellement désiré et tant appréhendé. Il en était reparti avec de la fierté et un peu plus de confiance.

A présent, tout le monde se pressait autour de lui. Chaque invité tenait à le féliciter, à l'encourager, à lui souhaiter le meilleur. Il était surpris, pas toujours très à l'aise, mais heureux.

Il profita d'un instant de répit pour chercher Juliette du regard. Tout en parlant avec Sophie, elle ne le quittait pas des yeux. Le léger clin d'œil qu'elle lui adressa lui fit l'effet d'une caresse. Il frissonna presque.

Juliette lui avait envoyé un message en début d'après-midi pour lui proposer de le retrouver un peu avant l'inauguration. Il avait accepté avec joie, soulagé de retrouver un peu de la spontanéité de sa femme. Ils avaient donc partagé un morceau d'après-midi à la terrasse d'une brasserie de la rue Soufflot, Charles tentant de trouver dans le sourire de sa femme un peu du réconfort dont il avait besoin pour affronter les prochaines heures. A l'image de la soirée de la veille, ils avaient laissé de côté les sujets qui fâchent, leur préférant des discussions sans risque. Ils avaient ainsi passé une bonne heure autour de deux grandes chopes de bière, faisant tous les deux des efforts pour tenter de revenir à une atmosphère aussi sereine que possible. Ils avaient ensuite rejoint les premiers invités qui furent rapidement suivis par tous les autres, ce qui fut le signal du démarrage du vernissage. Tout au long de la soirée, Juliette s'était tenue légèrement à l'écart, laissant son mari parler de son projet. Pour autant, Charles avait ressenti sa présence à chaque seconde. Elle n'avait cessé de lui sourire, l'enveloppant de son regard doux et encourageant. Il en avait presque oublié l'épisode qui s'était déroulé les jours précédents. Quand les invités s'étaient dispersés, ils avaient pris le chemin du retour pour partager un cocktail commandé chez un traiteur du quartier.

Charles se sentait apaisé, confiant, léger.

Heureux.

Un peu plus tard dans la soirée, alors que les derniers invités s'éternisaient dans le salon, Rémi rejoint Charles qui débarrassait un plateau chargé de flûtes de champagne.

— Alors ? Comment ça va ?

Charles sourit.

— Très bien. Je suis vraiment content de cette expo. Je n'y croyais pas, et pourtant c'est fait. C'est génial.

— Oui c'est super. Et tu as vu, les gens ont aimé. Je pense que tu vas avoir un paquet de visiteurs maintenant.

— Je l'espère. En tous cas, merci. C'est grâce à toi si j'en suis là.

Rémi tapota légèrement le haut du dos de son frère.

— De rien. Je n'ai fait que t'ouvrir la porte. Ce n'était pas grand-chose. Et si j'ai pu t'aider, tant mieux. J'espère que cette expo sera le début d'une longue série.

— Et moi donc !

— Dis donc, j'ai l'impression que ça s'est arrangé avec Juliette non ?

— Oui, on va dire ça. Disons que j'ai décidé de la croire. Pas évident mais bon, objectivement, je n'ai pas vraiment de raison de la soupçonner.

— Heureux de te l'entendre dire. Je t'avoue que tu m'as fait flipper quand j'ai compris que tu t'étais mis en tête de la suivre.

— Oui bon, ok. Mais avoue que tu aurais fait pareil s'il s'était agi de Sophie.

— Ah non ! Moi j'aurais fait pire ! Je ne sais pas comment, mais je sais que j'aurais fait largement pire que toi !

— Pas faux ! Te connaissant, tu aurais inventé un truc improbable qui aurait fini par se retourner contre toi.

— Ha ha ! Bien possible en effet !

Ils éclatèrent de dire.

Juliette entra dans la cuisine, les bras chargés de deux saladiers vidés de leur contenu.

— Qu'est-ce que vous fabriquez tous les deux ? Vous complotez quoi ?

— Rien du tout. Je félicitais une nouvelle fois ton mari. Bon et toi, c'est pour quand le récital de violon ?

Juliette grimaça.

— Ce n'est pas pour demain, c'est sûr.

— Je te taquine... Bon allez, on va rentrer. Demain on bosse !

Il tourna les talons et repartit dans le salon.

Charles retira les deux saladiers des mains de Juliette pour les poser dans l'évier. Il la prit ensuite dans les bras et enfouit le nez dans son cou. Il respira son odeur sucrée.

— Merci, murmura-t-il.

— Merci de quoi ?

— De croire en moi, de me pousser et de me soutenir depuis toutes ces années. Je sais que je peux être pénible à douter tout le temps. Tu es patiente et je t'en suis reconnaissant. Ça ne doit pas être facile tous les jours pour toi. J'en suis conscient.

Juliette étouffa un petit rire.

— C'est vrai que j'ai plus souvent envie de te secouer que de te pousser, mais j'ai toujours cru en toi, tu le sais. Cela fait des années que je te dis que tu as du talent. Je ne sais pas si tu m'as crue un jour mais aujourd'hui, tu en as la preuve. Alors j'espère que maintenant tu vas enfin voir la réalité en face.

Charles desserra son étreinte et la regarda tout en la tenant par les épaules.

— On verra. Mais en attendant, je voulais te dire que si j'en suis là, c'est aussi grâce à toi. Si tu n'avais pas été là je n'aurais jamais pu le faire. Je veux que tu le saches.

Juliette esquissa un sourire.

— Je t'aime Juliette. Je ne sais pas comment je ferais si tu n'étais pas là.

Les lèvres de Juliette se serrèrent l'une contre l'autre et elle plissa les yeux.

Elle ne répondit pas.

Alors il la serra à nouveau dans ses bras, encore un peu plus fort.

Comme si ce geste avait pu lui permettre de la garder à jamais.

Comme s'il avait pu ainsi lui transmettre tout ce qu'il avait à lui dire sans prononcer un seul mot.

Comme si rien d'autre que ce moment n'existerait jamais.

Chapitre 11

30 septembre – Le lendemain

La grisaille des derniers jours avait laissé place à un soleil d'automne un peu timide. Charles avait rapproché son fauteuil de la porte-fenêtre du salon pour profiter de la douceur des derniers rayons avant l'hiver. Un café à la main, il savourait encore le succès de son exposition. Reposé après une nuit de lâcher-prise, il n'avait pu résister à la tentation de faire un saut jusqu'aux grilles du Luxembourg devant lesquelles il avait pu observer les passants qui s'attardaient sur ses photos. On était vendredi et les abords du jardin étaient plus fréquentés qu'aux autres moments de la semaine. Ainsi, les deux heures passées attablé au café situé juste en face lui avaient permis de guetter la réaction d'une cinquantaine de visages inconnus. Même si l'interprétation était hasardeuse, Charles avait pu constater que de nombreuses personnes s'arrêtaient pour regarder attentivement un à un les clichés, prenant parfois le temps de découvrir le texte qui accompagnait chacun d'entre eux. Il aurait aimé lire dans les pensées de ces gens, savoir ce qu'ils aimaient, ce qui les dérangeait. Comprendre ce qui avait fait qu'ils s'étaient arrêtés. Un court instant, il avait même hésité à traverser la rue pour en interroger certains. Mais il n'avait pas osé. Evidemment. Alors il était resté à les regarder, dans l'ombre, comme il en avait l'habitude.

Quand il était rentré, il avait à nouveau tenté de joindre Juliette qui ne lui avait pas répondu de la matinée. C'était plutôt habituel car lorsqu'elle travaillait, son téléphone n'existait plus. Cette fois, il avait essayé de l'appeler pour lui proposer de déjeuner avec elle. Il était tombé directement sur sa messagerie. Il lui semblait se souvenir qu'elle devait commencer le matin même à neuf heures, mais quand il avait ouvert les yeux à huit heures, elle était déjà partie. Il avait dû mal comprendre.

La journée et la soirée de la veille avaient apporté un peu d'apaisement après la tension qui s'était installée entre eux ces derniers jours. Après cette période un peu étrange durant laquelle Juliette avait paru fatiguée, un peu triste et presque distante, elle était redevenue elle-même. Charles en était soulagé, et surtout, il espérait que cela durerait. Il avait décidé pour de bon de mettre ses inquiétudes de côté, n'ayant objectivement aucune raison de la soupçonner.

Après avoir jeté un coup d'œil à sa montre, il se leva, prit sa veste et sortit déjeuner chez le traiteur italien dans lequel ils avaient leurs habitudes. Il avait sa journée pour lui et il comptait bien en profiter pour laisser la pression retomber.

***

Après déjeuner, il avait flâné dans les rues parisiennes, son appareil photo en bandoulière. Sans but précis, il avait fait quelques photos qui promettaient d'être intéressantes. Il avait ensuite marché le long des quais, dans un sens, puis dans l'autre, observant le défilé mêlant parisiens pressés et touristes émerveillés. Il en avait profité pour immortaliser quelques instants volés et quelques lieux qui se prêtaient à l'exercice. Puis il avait pris le chemin du retour au moment où le soleil tombait derrière le Grand Palais.

Quand il arriva chez lui, il était plus de dix-neuf heures. Juliette n'était pas encore rentrée. Vingt minutes plus tard, elle n'avait pas encore répondu. Pas pratique pour s'organiser. Il gagna donc la cuisine et entreprit de préparer un dîner improvisé. Il se dit qu'avec sa journée de congés, il aurait tout de même pu prendre le temps de cuisiner. Mais il était tard, alors une salade de pommes de terre accompagnée de saumon ferait l'affaire. Il sortit les ustensiles et se mit à l'œuvre.

***

Deux heures plus tard, Charles faisait des allées et venues entre le salon, la cuisine et la fenêtre qui donnait sur l'entrée de leur jardin. Il attendait toujours Juliette. Elle était partie travailler depuis plus de douze heures et il n'avait aucune nouvelle d'elle. Il était certain qu'ils devaient passer la soirée ensemble car il se souvenait avoir évoqué avec elle la veille au soir le film qu'ils avaient prévu de regarder. Il imaginait des dizaines d'hypothèses pouvant expliquer son retard : un imprévu à l'hôpital, une panne de batterie sur son téléphone, un problème dans les transports… Mais pour chaque supposition, une réponse s'imposait à lui : elle l'aurait averti un cas d'imprévu, elle l'aurait appelé d'une ligne fixe si elle n'avait plus de batterie, elle lui aurait envoyé un message si elle avait été coincée dans les transports en commun. Non, décidément, rien n'expliquait ce silence. Excepté… Non, il ne devait pas y penser. Il devait s'efforcer de chasser cette idée de son esprit. C'était trop douloureux, et surtout c'était trop impossible après la journée et la soirée qu'ils avaient passées la veille. Tout cela n'avait aucun sens. Il devait y avoir une explication rationnelle et il allait l'avoir dès que Juliette rentrerait.

***

Il était maintenant près de minuit et Charles devenait fou. Non seulement il n'avait toujours aucune nouvelle de Juliette, mais en plus, personne ne savait où elle était. Voyant les minutes et les heures passer, il avait d'abord appelé l'hôpital. On lui avait répondu que Juliette était partie à la fin de son service, vers dix-huit heures.

Charles avait donc entrepris d'interroger son frère et sa belle-sœur à qui il avait téléphoné vers vingt-deux heures trente. Elle ne leur avait pas non plus donné signe de vie.

Il avait ensuite contacté Eve et Julien qui ne savaient rien.

Puis il avait appelé les amies de Juliette, une à une. Toujours rien.

Il avait songé à appeler la police. Mais il savait que cela aurait été ridicule. Qu'il fallait encore attendre, tout en continuant à espérer de toutes ses forces qu'elle finisse par arriver, comme si de rien n'était et que tout rentrerait dans l'ordre.

Malgré tous les efforts qu'il déployait pour tenter de se rassurer, il était mort d'inquiétude. Il avait la nausée, il avait mal au ventre, il avait la gorge tellement nouée qu'il était incapable d'avaler ne serait-ce qu'une gorgée d'eau.

Six heures s'étaient écoulées depuis son départ de l'hôpital, et personne ne savait rien.

Où pouvait-elle bien être ?

Que s'était-il passé ?

Avait-elle simplement eu besoin de quelques heures de solitude ?

Avait-elle eu un malaise ou un accident ?

Ou pire, s'était-elle enfuie avec l'autre ?

Incapable de rester en place, Charles se précipita dans l'entrée. Il arracha une feuille d'un bloc-notes qui traînait et y rédigea un mot à l'attention de Juliette, lui demandant de l'appeler si elle rentrait avant lui. Il le posa en évidence sur la console de l'entrée et attrapa au vol sa veste et ses clefs de voiture. Il sortit en courant de la maison et monta dans sa voiture pour prendre la direction de l'hôpital. Il avait beau avoir téléphoné à une bonne dizaine de personnes ce soir, il avait la ferme intention de tirer les choses au clair. Il allait commencer par l'hôpital, puis il irait sonner chez les uns et chez les autres jusqu'à ce qu'il la trouve. Peu lui importait qu'il soit tard, il allait retrouver sa femme quoi qu'il lui en coûte.

***

Il était cinq heures trente du matin quand Charles gara sa voiture. Il coupa le contact et, le regard dans le vide, resta immobile plusieurs minutes. Il appuya sa tête sur le volant et ferma les yeux. Il sentit les larmes lui piquer le nez et il fut bientôt secoué de sanglots. Il pleura pendant de longues minutes, épuisé, dévoré par l'angoisse et envahi par le désespoir. Quand il sentit son estomac se tordre douloureusement, il eut juste le temps d'ouvrir la portière avant de vomir bruyamment sur le trottoir au rythme des violents spasmes qui l'assaillaient. Une fois la crise passée, il sortit de la voiture et se dirigea en titubant vers la maison. Quand il ouvrit la porte, il aperçu le mot qu'il avait laissé pour Juliette en partant. Il était toujours à la même place. Il l'attrapa et le chiffonna nerveusement. Il le lança dans la cuisine et, abandonnant ses clefs de voiture et sa veste à même le sol, il se jeta dans le fauteuil. Dans ce fauteuil où tout avait commencé. Ce même fauteuil dans lequel il avait surpris Juliette une semaine plus tôt.

A présent, il devait se rendre à l'évidence : quelque chose de grave venait de se produire.

Il l'avait cherchée partout.

Il avait commencé par l'hôpital où, après avoir négocié avec les gardiens du poste de sécurité, il avait pu entrer pour interroger le personnel. La seule information qu'il avait obtenue émanait du planning de travail qui confirmait que Juliette avait bien terminé sa journée à dix-huit heures. Personne n'avait pu lui en dire plus. Arnaud n'était plus là et les infirmières en poste à cette heure-ci n'avaient pas encore pris leur service quand sa femme travaillait encore.

Il avait ensuite fait le tour des amies de Juliette, tirant bon nombre d'entre elles de leur sommeil. Inquiètes, elles avaient eu à cœur de lui prêter main forte, tentant chacune à leur mesure de se souvenir d'éléments pouvant expliquer le silence de leur amie. Aucune conclusion n'avait pu être tirée et Charles avait fini par se rendre chez Rémi et Sophie où il espérait pouvoir trouver une piste concrète. Réveillés en pleine nuit, son frère et sa belle-sœur avaient tout-à-coup pris la mesure de ce qui était en train d'arriver. Ils avaient accueilli Charles rongé par l'inquiétude. Malheureusement, eux non plus ne savaient rien. Ils avaient tenté de le rassurer comme ils avaient pu mais aucun argument n'avait soulagé Charles qui était reparti contre la promesse que Rémi lui avait faite de contacter les hôpitaux parisiens afin de savoir si Juliette n'avait pas été admise dans l'un d'eux au cours de la soirée. Il avait repris la route et Rémi l'avait appelé sur les coups de quatre heures du matin pour l'informer qu'aucun hôpital n'avait vu sa femme.

Charles s'était ensuite résolu à se rendre au commissariat de son arrondissement. Il avait dû patienter un bon moment avant d'être reçu par un agent endormi qui l'avait écouté distraitement avant de lui répondre qu'il ne pouvait rien faire car sa femme était majeure et libre de ses mouvements. Devant l'insistance de Charles, il avait fini par lui conseiller de revenir si Juliette n'était pas réapparu d'ici quelques jours.

Furieux, Charles était ressorti du commissariat en claquant la porte. Il était monté dans sa voiture et s'était rendu dans tous les lieux que Juliette avait l'habitude de fréquenter. Evidemment, il ne l'avait pas trouvée.

Alors il avait repris le chemin de la maison, le cœur en miettes.

Et maintenant, avachi dans son fauteuil, il ne savait plus où il en était.

Il ne savait plus quoi penser.

Il ne savait plus ce qu'il devait faire.

Il n'avait même aucune idée de ce qu'il pouvait faire.

Il ne savait plus rien.

Car maintenant, il n'y avait plus aucun doute : Juliette avait bel et bien disparu.

Chapitre 12

1er octobre – Fin de journée

Le cœur qui cogne à en sortir de la poitrine.
Les larmes qui brûlent les joues.
Les forces qui s'épuisent un peu plus à chaque minute.
La tête qui bourdonne.
L'angoisse.
L'angoisse à chaque instant.
L'angoisse qui prend toute la place.

Une nouvelle journée s'était écoulée.
La nuit était maintenant tombée.
Juliette n'était toujours pas rentrée.

Charles n'en pouvait plus d'attendre.
Il n'avait plus aucune nouvelle depuis près de quarante-huit heures.
Il tournait dans le salon comme un lion en cage.
L'instant d'après, il se laissait tomber dans le fauteuil.
Puis il se levait d'un bond et recommençait à tourner en rond.
Il n'avait pas dormi. Pas plus qu'il n'avait mangé ni bu.
Il n'avait rien fait d'autre qu'attendre.
Et téléphoner à ceux qu'il n'avait pas contactés la veille.
Et répondre aux inquiétudes des autres.
Et espérer.
Espérer à en devenir fou.

Chapitre 13

15 octobre – Deux semaines plus tard

La tête penchée vers le bas, Charles regardait sans la voir l'eau qui ruisselait de sa tête. Elle était brûlante mais il ne sentait rien. D'ailleurs, sa peau était rouge vif. Pourtant, il était comme anesthésié. Anesthésié de partout. Il ne ressentait plus rien d'autre que cette colère et ce désespoir.

Deux semaines s'étaient écoulées depuis le jour où Juliette avait disparu et il ne savait rien de plus. Il était au point mort. Il avait imaginé toutes sortes de scénarios. Il lui avait cherché des dizaines d'excuses. Il avait retourné le problème dans tous les sens mais il n'y comprenait toujours rien. Ou plutôt si, il avait parfaitement bien compris que Juliette était partie avec l'homme des rendez-vous.

Durant les premiers jours, il l'avait cherchée partout. Il avait marché dans Paris du matin au soir, sans relâche, guettant le moindre indice. Il avait recontacté chacune des personnes proches de Juliette et leur avait posé inlassablement les mêmes questions pour en arriver toujours au même point, c'est-à-dire à rien.

Sophie et Rémi le soutenaient du mieux qu'ils le pouvaient, l'aidant autant que possible dans ses recherches. Rémi l'appelait chaque jour pour tenter de lui remonter le moral. Sophie se rendait dans tous les lieux où elles étaient allées ensemble, interrogeant ceux qui s'y trouvaient.

Leurs amis communs tentaient également de lui apporter du réconfort par leur présence infaillible et discrète. Charles en était touché, mais il n'était aidé en rien. Sa douleur et son angoisse étaient impossibles à partager.

Charles était retourné au commissariat pour signaler officiellement la disparition de sa femme. Mais personne n'avait accepté d'enregistrer le signalement. La disparition n'était pas jugée inquiétante car Juliette n'était ni âgée, ni handicapée, pas plus qu'elle n'était suicidaire ou dépressive. Malgré son insistance, aucun argument n'avait été suffisamment solide pour que Juliette ait le droit de figurer parmi la liste des personnes disparues. Il lui avait été explicitement dit que ce genre de disparition était courant et on lui avait fait comprendre qu'il était peut-être temps de se poser les bonnes questions. Il était furieux. Il était reparti une nouvelle fois du commissariat en claquant la porte. C'est au moment où il était monté dans sa voiture qu'il avait pensé au tiroir verrouillé de la table de nuit. Il s'était tapé le front en se demandant à voix haute comment il était possible qu'il n'y ait pas pensé plus tôt. Il avait démarré en trombe et avait roulé comme un dératé jusqu'à chez lui. Il avait couru vers la porte d'entrée et, dans sa précipitation, il avait manqué de casser la clef dans la serrure. Une fois à l'intérieur, il avait grimpé les escaliers quatre à quatre jusqu'à la chambre où il s'était précipité sur la table de nuit. Le tiroir s'était ouvert sans aucune résistance. Il était vide. Anéanti, il s'était assis sur le lit avant de se relever pour saisir la table de nuit et la lancer à toute volée dans la chambre. Elle avait terminé sa course en explosant contre le mur. Il avait désormais la preuve formelle que la disparition de Juliette n'avait rien d'un accident. Elle était partie. Tout simplement. Et elle avait emporté avec elles toutes les preuves de l'histoire qui l'avait conduite à s'enfuir au bras d'un autre.

Depuis ce jour-là, il était apathique, vidé de tout espoir, de toute énergie. Il était à peu près sûr de ne jamais revoir Juliette.

Il avait pris rendez-vous chez son médecin, dans le cabinet duquel il s'était écroulé. Il en était ressorti avec des médicaments qui l'avaient abruti juste assez pour qu'il dorme enfin, ainsi qu'avec un arrêt maladie de près d'un mois.

Et puis il avait reçu l'appel de l'une des collègues de Juliette qui souhaitait savoir où Charles en était de ses recherches, s'il avait des nouvelles, et comment il allait. Il l'avait croisée une ou deux fois. Il la connaissait peu. Ils avaient pourtant discuté une bonne quinzaine de minutes. La conversation avait dévié sur le quotidien de Juliette à l'hôpital, les qualités qu'elle avait, tout ce qu'elle apportait de bonne humeur et de dynamisme au service. Paradoxalement, parler ainsi de sa femme, comme si elle était encore là, avait fait du bien à Charles. Comme s'il avait retrouvé un morceau de son quotidien. Comme si tout était redevenu normal et que Juliette allait rentrer à la maison le soir-même. Puis il avait fallu raccrocher. Et la magie s'était arrêtée. Il s'était retrouvé seul, replongé à grande vitesse dans son isolement et sa souffrance.

C'est à ce moment-là qu'il avait décidé de se rendre à l'hôpital. Un peu pour interroger les collègues de Juliette dans l'espoir d'apprendre quelque chose de nouveau. Beaucoup pour s'immerger dans l'un des univers les plus familiers de Juliette. Pour justifier sa visite, il avait téléphoné à Arnaud. Il avait maintenant rendez-vous avec lui une heure plus tard.

Charles coupa l'eau de la douche, attrapa sa serviette et frotta violemment sa peau, comme si une douleur pouvait en remplacer une autre. Quand il croisa son reflet dans le miroir, ce fut le spectacle d'un homme ravagé qui s'offrit à lui. Son teint était blafard, ses yeux horriblement cernés, ses traits tirés, et il avait dû perdre quelques kilos. Il fixa longuement ses yeux rouges. Il ne parvenait même pas à imaginer comment pourraient se dérouler les prochaines heures, les prochains jours, les prochains mois. Il n'attendait plus rien, même s'il devait bien s'avouer qu'un infime espoir que Juliette finisse par revenir était tapi tout au fond de lui. Il se rasa, tenta de dompter ses cheveux hirsutes et s'habilla. Il se servit ensuite un café pour se donner du courage. Quand il ferma la porte, ses mains étaient moites d'angoisse.

***

Onze heures et une minute.
Il avait rendez-vous à onze heures. L'attente commençait pour de vrai. Avant l'heure, ça ne comptait pas. Maintenant, c'était Arnaud qui était en retard. Le plastique bleu de la chaise se réchauffait au contact du tissu de son pantalon. Il ne pouvait s'empêcher de se balancer pour faire bouger le dossier. Comme un enfant. Il se demandait si le dossier pouvait casser s'il forçait trop. Tout était gris ici. Sauf les chaises. Le lino, les murs, le faux plafond, les grilles d'aération. Même les gens étaient gris. Certains faisaient presque peur. Il se dit qu'il n'avait aucune envie d'être ici.
Alors, pour que le temps passe plus vite, il observait les gens autour de lui. L'inquiétude qui durcissait les traits de la jeune femme mal accompagnée d'un mari amoureux de son téléphone portable. La tristesse de l'homme assis à côté de lui qui fixait le mur. La femme qui passait pour la troisième fois devant la salle d'attente en cherchant son chemin dans le dédale des couloirs. Les rides de l'homme qui n'avait plus d'âge tant il était vieux. Celui qui sortait sa loupe pour déchiffrer péniblement les plaques sur les portes des salles. Les rides et les veines qui affleuraient sous la peau. L'odeur âcre de médicament. La chaleur moite qui rosissait

les joues. Le frottement des roues d'un brancard que l'on poussait un peu plus loin. La promesse de la mort trop présente.

— Bonjour Charles.

Il sursauta.

Arnaud se tenait près de lui, un léger sourire aux lèvres. Engoncé dans sa blouse blanche, il était très grand. A tel point qu'il avait l'air un peu élastique. Il le regardait de ses yeux d'un bleu lavande un peu étrange. Charles se leva et lui tendit la main.

— Bonjour. Merci de me recevoir, c'est vraiment sympa.

— Je t'en prie. Suis-moi.

Ils se dirigèrent vers le cabinet d'Arnaud qui s'installa derrière son bureau. Charles prit place en face de lui.

— Je suis vraiment désolé, commença Arnaud. Je ne sais pas vraiment quoi te dire.

— En vérité il n'y a rien à dire. Juliette est partie, c'est tout.

— Partie ? Comment ça ?

— Elle m'a quitté.

— Que veux-tu dire ?

— Elle est partie avec un autre homme.

— Tu en es sûr ?

— Malheureusement oui. Elle notait les rendez-vous qu'elle avait avec lui dans son agenda, sans rien écrire. Elle n'entourait que l'heure pour ne pas attirer l'attention. Quand je lui ai demandé ce que c'était, elle a prétexté qu'il s'agissait de réunions à l'hôpital. Elle avait caché des choses dans le tiroir de sa table de nuit. Depuis qu'elle est partie, le tiroir est vide et ce qui était dedans a disparu. Je ne sais pas ce que c'était, mais c'est bien la preuve qu'elle ne voulait pas que je tombe dessus. Et puis à bien y réfléchir, c'est vrai qu'elle était différente ces derniers temps. Elle était plus distante, elle n'avait envie de rien, elle voulait rester seule, elle prétextait sans cesse qu'elle était fatiguée. Il y a des moments où elle avait l'air triste. Et moi comme un con je n'ai rien vu. J'ai mis ça sur le compte de la surcharge de travail qu'elle avait ici. Si tu savais comme je m'en veux. J'aurais dû réagir avant. Lui poser des questions. Lui demander ce qui n'allait pas. Ça fait tellement longtemps qu'on est ensemble qu'à aucun moment je ne me suis dit qu'elle pouvait avoir besoin d'autre chose, et encore moins qu'elle pourrait aller le chercher ailleurs. J'avais l'impression que tout roulait. Je croyais qu'on était heureux.

— Je vois.

— Franchement je n'y comprends rien. Je ne vois pas ce que j'ai loupé. Je culpabilise tellement. Je m'en veux de ne pas avoir su être à la hauteur. Et le pire, c'est que si c'était à refaire, je ne saurais même pas quoi changer.

— Ce n'est peut-être pas de ta faute. Ne sois pas si dur avec toi.

— Il faut que je regarde la réalité en face. Si Juliette m'a quitté pour un autre, c'est qu'elle avait des choses à me reprocher.

— Peut-être pas. C'est compliqué tout ça.

— Bien-sûr que si. Sinon, pourquoi serait-elle partie ?

Arnaud ne dit rien. Il tripotait un stylo qui faisait des allers et retours entre ses doigts.

— Je ne sais pas, finit-il par répondre.

Un silence gêné s'installa entre les deux hommes. Charles se lança.

— Et toi, tu ne saurais pas quelque chose ?

Le stylo tomba des doigts d'Arnaud qui se redressa.

— Non, rien du tout. Malheureusement je n'en sais pas plus que toi.

Le ton empressé avec lequel il répondit interpela Charles.

— Tu en es absolument certain ? Je sais que vous vous entendiez bien, elle me parlait souvent de toi. Elle aurait pu te dire quelque chose qui pourrait m'aider à comprendre.

Arnaud secoua la tête.

— Non, rien du tout, je suis désolé.

— Tu sais, j'ai interrogé toutes ses amies, tous ceux qu'elle fréquentait de près ou de loin. Je suis allé voir tout le monde, mais je n'ai absolument rien appris. Alors je me dis que ce qu'elle avait à confier était peut-être trop intime pour le dire à des gens très proches, et qu'elle aurait pu t'en parler à toi, parce que tu étais plus éloigné de son cadre familial et amical. Une sorte de confident idéal. Ça me semblerait logique en fait.

— Je t'assure qu'elle ne m'a rien dit. Nous avons une relation de confiance, nous échangeons sur beaucoup de choses, et pas seulement sur le travail. Mais elle ne m'a jamais parlé d'un autre homme.

— Tu en es absolument certain ?

— Oui. J'en suis complètement sûr. Elle ne m'a jamais rien dit de tel. Rien du tout.

— Elle n'en aurait donc parlé à personne. Tout cela me dépasse. Je n'y comprends rien.

Le silence s'imposa à nouveau. Il pesait lourd. Charles n'était pas à l'aise. Le regard d'Arnaud balayait le décor du cabinet. Manifestement, il était tout aussi gêné que son interlocuteur.

— Tu l'as vraiment cherchée partout ?

— Oui, partout. Je suis allé chez toutes ses amies, j'ai téléphoné à toutes les personnes qu'elle connaît, j'ai fait toutes les rues de Paris. Je ne vois pas quel endroit j'aurais pu oublier. Et elle n'est pas venue travailler depuis deux semaines. Elle a dû quitter Paris et partir loin. Il n'y a aucune chance que je la retrouve.

— Hum, répondit Arnaud en esquissant une grimace.

Charles trouvait son attitude étrange.

— Quoi ?

— Rien. C'est juste que je me dis que tu ne l'as peut-être pas cherchée au bon endroit.

A quoi jouait-il ?

— Que veux-tu dire ? Je ne comprends pas.

— Rien de particulier. Je me dis juste que parfois on ne pense pas aux choses qui sont les plus évidentes.

Charles fronça les sourcils et s'avança sur sa chaise. Il regarda Arnaud droit dans les yeux.

— Attends. Qu'est-ce que tu veux me dire exactement ?

— Je veux juste te dire que ce n'est peut-être pas perdu. Que tu n'as peut-être pas cherché Juliette au bon endroit. Qu'il est possible que sa cachette soit tellement évidente que tu n'as même pas pu envisager qu'elle s'y trouve.

Le corps de Charles s'était tendu. Il réfléchissait à toute vitesse.

— Evident ? Mais si c'était évident j'y aurais pensé. Je suis allé partout où elle aurait pu se cacher. Partout.

— Je ne sais pas. Je te dis ça comme ça. Mais réfléchis-y quand même.

Charles ferma les yeux une fraction de seconde, comme pour retrouver sa concentration. Sa tête bouillonnait. Ses mâchoires serrées lui faisaient mal. Evident ? L'endroit le plus évident, c'était chez eux, et elle n'y était pas. Chez ses amies non plus, il en était certain. Ses collègues n'avaient pas de nouvelles. Elle n'avait pas d'autre famille que celle de Charles. Non, décidément, cela n'avait rien d'évident.

Et puis soudain, il écarquilla les yeux en bondissant de sa chaise.

Il avait compris.

Il partit en courant, sans un seul mot pour Arnaud et en oubliant sa veste qui venait de tomber de ses genoux.

Chapitre 14

15 octobre – Une heure plus tard

Les mains crispées sur le volant, Charles roulait trop vite. Au fur et à mesure que sa voiture avalait les kilomètres, la tension montait. Il avait rarement été aussi nerveux, aussi fébrile. Plus encore, il était furieux contre lui-même. Comment avait-il fait pour ne pas y penser ? Arnaud avait raison, c'était évident. Tellement évident que ça ne lui était pas venu à l'idée. Il repensait à sa discussion avec le chef de service de Juliette. Dès qu'il l'avait vu, il avait compris qu'Arnaud savait. Il le connaissait peu, mais quelque chose clochait dans son attitude. Il manquait de naturel. Il était trop gêné pour être honnête.

La ligne blanche vibra sous ses roues. Il sursauta. Il devait se concentrer sur la route. D'autant plus qu'il ne savait pas dans quelle situation il trouverait Juliette. Seule ou pas. Et si non, avec qui ? Il avait pensé à des dizaines de scénarios, tous plus abracadabrantesques les uns que les autres. Et quoi qu'il imagine, l'issue n'était pas très flatteuse. Il ne voyait pas comment Juliette pourrait reprendre tranquillement le chemin de la maison avec lui, comme si de rien n'était, alors qu'elle n'avait pas donné signe de vie depuis deux semaines. C'était tout bonnement inenvisageable. Quoi qu'il arrive maintenant, non seulement une discussion allait s'imposer, mais une décision allait devoir être prise. Terrorisé à cette idée, Charles avait conscience que les heures à venir n'allaient pas être réjouissantes.

***

Quand il arriva devant la maison, la tension accumulée pendant la route tomba d'un coup. Il coupa le contact et sortit péniblement de la voiture. Comme s'il avait vieilli de vingt ans en une seconde. Comme si son corps pesait une tonne. Il se traîna jusqu'au portail dont il agrippa les barreaux. Il les serra si fort que les articulations de ses doigts blanchirent. Il appuya son front contre le métal glacé et ferma les yeux.

La maison était fermée.

Juliette n'était pas là.

Il s'était planté.

Quand il rouvrit les yeux, ce fut pour les poser avec lassitude sur leur jolie maison de Sologne. Cet endroit que Juliette aimait tant, et où elle n'était pas. Quelques minutes plus tôt, il était pourtant certain de la trouver ici. Il ouvrit le portail et redémarra la voiture. Il se sentait épuisé, à bout de nerfs. Il n'avait pas le courage de rentrer à Paris. Pas maintenant. Pas dans cet état. Il allait passer la nuit ici et il repartirait demain. Il avait besoin de se reposer. D'être seul. Complètement seul. Alors ce soir, il allait éteindre son téléphone, ouvrir une bouteille de vin, et il ne ferait rien d'autre que d'essayer de ne plus penser. S'abrutir d'alcool. Ne plus rien sentir. Oublier.

Après avoir ouvert les volets pour redonner un peu de lumière à la maison, Charles se laissa tomber au fond du canapé. Il n'avait plus aucune force. Plus un gramme d'énergie. Plus rien. Il ferma les yeux pour écouter le silence. C'était ce qui les avait frappés dans cette maison : l'absence de bruit. Les oreilles qui bourdonnent de trop de calme. C'en était presque effrayant. Il pensa à Juliette, à eux, à leur vie. Aux possibles raisons qui avaient fait qu'elle était partie. A ses erreurs, à ses doutes, à ses maladresses. A la culpabilité qui l'étouffait, même s'il n'avait aucune idée de ce qui avait cloché entre eux. Il pensait à la tristesse qui restait là, comme une ombre qui le suivait partout, où qu'il aille, quoi qu'il fasse. Au désespoir. A l'absence qui fait mal, mal partout, dans la tête, dans le ventre, dans chaque cellule du corps. Au manque qui arrache les tripes, qui déchire le cœur, qui anesthésie à jamais. Il pleurait, sans bruit, sans s'en apercevoir. A travers ses larmes, il voyait les objets qui avaient fait leur quotidien. Un vase transparent rempli de roses séchées, un coussin que Juliette aimait un peu plus que les autres, une photo de vacances, un morceau de papier sans importance oublié sur le coin d'un meuble, un tableau choisi ensemble au détour d'une ruelle de Deauville. Tous ces objets insignifiants qui comptaient tant. Toutes ces petites choses accrochées à des souvenirs tenaces qui faisaient maintenant mal. Tout ce qu'il ne voyait plus. Tout ce qu'il aurait dû continuer à voir. Tout ce qui avait fini bien trop tôt par avoir le parfum des regrets. Les regrets de ne pas savoir. Ne pas savoir où elle était. Ne pas savoir pourquoi elle était partie. Ne pas savoir ce qu'il avait fait pour provoquer sa fuite. Les regrets de ne pas avoir compris. Les regrets de ne pas avoir vu. Les regrets d'avoir été celui qu'on laisse au bord de la route.

Epuisé de douleur, il finit par s'endormir, comme ça, les pieds posés sur le sol, les mains sur les cuisses, le menton posé sur le torse et les joues encore salées de larmes. Il ronfla bruyamment, tout son corps se soulevant au rythme de sa respiration, jusqu'à ce qu'il finisse par s'affaler de tout son long sur le canapé et que sa respiration se fît plus calme.

Il ouvrit les yeux six heures plus tard, groggy et courbaturé. Il n'avait pas dormi aussi longtemps sans se réveiller au cours de ces deux dernières semaines. L'épuisement avait eu raison de lui.

Il se leva péniblement du canapé, sentant ses genoux craquer et sa tête tourner. Il s'appuya au dossier de la première chaise qui lui tomba sous la main pour faire passer le vertige, puis il se servit un verre d'eau qu'il vida d'un trait. Finalement, le vin ne lui disait plus rien. Il tourna sur lui-même et regarda le salon. Il était vide. Horriblement vide. Pourtant, les meubles étaient là. Rien n'avait bougé. Mais il était vide de Juliette. C'était insupportable.

Alors que son regard balayait lentement la pièce, le cœur de Charles bondit dans sa poitrine. Le souffle court, les jambes soudainement coupées, il sentit ses mains devenir brutalement moites et tremblantes.

Une enveloppe était posée sur la table basse.

Avec son prénom dessus.

En quelques dixièmes de secondes, il eut le temps de reconnaître l'écriture appliquée de Juliette, de se demander comment il avait fait pour ne pas l'avoir vue, et bien-sûr d'imaginer le pire au sujet de son contenu.

Il se précipita sur l'enveloppe, faisant chavirer une chaise sur son passage. Il la déchira et en sortit une lettre qu'il déplia brutalement. Quand il lut les premiers mots, il ne respirait plus.

Chapitre 15

15 octobre – Un quart d'heure plus tard

Le pied de la table basse fut la première chose que Charles vit quand il ouvrit les yeux. Son crâne n'était pas passé loin. Le sol était froid. Il avait mal à la tête. Pendant une fraction de seconde, il se demanda ce qu'il faisait là, allongé sur le carrelage du salon. Puis le souvenir des quelques minutes précédent sa chute lui revint en mémoire. Il avait lu la lettre, avidement, sans s'arrêter, sans respirer, et peut-être même sans tout comprendre. Mais il avait compris l'essentiel. Le choc avait été d'une telle violence qu'il avait senti la nausée monter dans sa gorge, jusqu'à lui couper le souffle. Son cœur s'était mis à résonner dans les moindres recoins de son corps. Puis il avait commencé à transpirer, à respirer plus difficilement, à sentir ses doigts s'engourdir et sa vue se brouiller. Et avant qu'il n'ait eu le temps de s'asseoir, il s'était évanoui, s'affalant lourdement à même le sol entre le canapé et la table basse.

Juliette...

Il bougea les bras, puis les jambes, et s'appuya sur son coude gauche pour se redresser. Pendant une seconde, il eut peur de ne plus jamais pouvoir se relever. Il se hissa avec peine sur le canapé et prit sa tête entre ses mains. Ses oreilles bourdonnaient encore. Il se sentait horriblement faible. Il n'arrivait pas à croire ce qu'il venait de lire. C'était un cauchemar. Bien pire que tout ce qu'il avait pu imaginer. Mon Dieu s'il avait su...

Soudain, il crut entendre de légers coups. Il se redressa, retint sa respiration et écouta le silence. Entre le bourdonnement de ses oreilles, son mal de tête et la confusion dans laquelle il se trouvait, il pensa qu'il avait rêvé. Jusqu'à ce que les coups se fassent plus marqués. Il s'agrippa au canapé, incapable d'identifier d'où le bruit provenait. Il était dans un tel état d'abrutissement qu'il ne parvenait plus à réfléchir. Une ou deux minutes s'écoulèrent avant qu'il entende la porte d'entrée s'ouvrir. Il ne bougeait plus, sur ses gardes, incapable de faire le moindre mouvement. Il respirait à peine, imaginant à toute vitesse des possibilités toutes plus improbables les unes que les autres. Il eut le temps d'envisager qu'un cambrioleur s'introduisait chez lui, que la police venait lui parler de sa femme, qu'un tueur en série l'avait suivi jusqu'ici, et même que Juliette était de retour. Et puis il vit la silhouette de

Marie dans l'encadrement de la porte du salon. Ce qui le frappa immédiatement fut son visage. Elle avait les traits tirés, les yeux tristes. Des cernes noirs creusaient son regard. Elle n'avait visiblement pas suffisamment dormi ces derniers temps. Elle se précipita vers Charles et s'agenouilla devant lui.

— Oh Charles…, dit-elle en lui prenant les mains, je suis désolée. Tellement désolée…

— …

— Je viens de rentrer du travail. Dès que j'ai vu ta voiture j'ai compris. Je suis venue tout de suite.

— Juliette…

Le nœud dans la gorge de Charles grossissait.

— Je sais, répondit Marie tout doucement. Je sais. Je suis désolée.

Il la regardait, désespéré.

Ils restèrent ainsi quelques instants.

— Tu sais… quoi ? Finit-il par lâcher.

Elle baissa les yeux et prit quelques secondes avant de répondre.

— Je sais tout Charles. Je sais tout.

Il la fixa sans ciller. Droit dans les yeux. Violemment. Sans émotion. Sans réaction.

— Je suis vraiment désolée, reprit-elle.

Il ne bougeait pas.

Figé.

Tendu.

Marie ne le quittait pas des yeux, la respiration courte.

Elle avait l'intuition qu'un seul mot pouvait faire basculer la discussion.

Mais elle ne savait pas qu'elle l'avait déjà prononcé.

La tension monta d'un cran.

Charles sentit la colère l'envahir. Sans qu'il ne puisse rien y faire, une vague d'agressivité le submergea. Il craqua. Il n'était plus lui-même.

— Tu es désolée ? Répondit-il méchamment. Non mais c'est une blague. Ma femme disparaît pendant deux semaines. Toi tu sais où elle est et en plus tu sais pourquoi, et tu ne me préviens pas ? J'hallucine ! Non mais à quoi tu as pensé ? A aucun moment tu ne t'es dit que je m'inquiétais ? Que je pouvais la faire changer d'avis ? Que j'aurais pu faire quelque chose ? Que je devenais dingue ? Sérieusement Marie ! J'étais tellement inquiet que j'aurais pu en crever. Pourquoi tu m'as fait ça ? Pourquoi ? C'est dégueulasse.

Charles s'était levé, titubant presque. S'il avait eu un révolver à la place des yeux, Marie serait déjà morte. Sous les coups d'une colère qui le dépassait. Criblée du pire sentiment que Charles ait jamais connu : l'impuissance.

Il attrapa le poignet de Marie et l'attira à lui. Il serrait horriblement fort. Il lui faisait mal. Pétrifiée, elle n'osait rien dire.

La mâchoire serrée, il reprit.

— Tu vas le payer Marie. Tu ne vas pas t'en tirer comme ça. C'est trop facile.

Elle pouvait sentir son souffle fétide sur son visage. La moiteur de sa main autour de son poignet. Le tremblement qui secouait tout son corps.

Maintenant, elle avait peur.

— Pourquoi t'as fait ça ? Pourquoi ?

Il criait.

— Réponds-moi !

Elle tenta de se dégager de son emprise mais il serrait trop fort.

Elle abdiqua.

— J'ai promis, souffla-t-elle. Je lui ai promis que, quoi qu'il arrive, je ne dirai rien. Je lui ai promis que je tiendrai bon même si tu m'appelais, même si tu étais anéanti. Quoi qu'il arrive. Jusqu'à ce que tu découvres la vérité en venant ici. Elle s'est confiée à moi dès qu'elle est arrivée. Elle m'a tout raconté. Sa décision a été difficile à prendre, mais elle savait ce qu'elle faisait. Au fond je crois que, sans en avoir conscience, elle n'a jamais envisagé d'autre choix. Quelque soit ce que cela a pu lui coûter. Parce que ça lui a coûté. Beaucoup. Ça a été très dur pour elle. Même si c'est elle qui est partie. Elle était inquiète pour toi. Elle culpabilisait. Elle s'en voulait de te faire souffrir. Elle savait qu'elle te mettait dans une situation atroce. Alors j'ai été là pour elle. Je l'ai aidée autant que j'ai pu. Je veux que tu saches que je ne partageais pas sa décision. Je n'étais pas d'accord avec ce qu'elle faisait. Mais c'était son choix et en tant qu'amie, je me devais de le respecter. Je sais que c'est difficile à comprendre, et si j'étais dans ton cas, je serais sûrement hors de moi. Mais essaie de te mettre à ma place. Comment voulais-tu que je réagisse ? Même si je n'étais pas d'accord avec elle, j'étais la seule à pouvoir la soutenir. Il faut que tu comprennes Charles. Je crois qu'il faut que tu comprennes que, malgré tout, ce n'était pas contre toi.

— Et Thomas, il savait lui aussi ?

— Oui. Elle lui a tout dit quand elle a débarqué ici. Lui non plus n'a pas compris pourquoi elle faisait ça. Mais il a accepté son choix. Par respect pour elle. Et par amour pour moi. Ne lui en veux pas, il n'a pas pu faire autrement.

Charles sentit son nez piquer et les larmes lui monter aux yeux. Il serrait toujours le poignet de Marie dans sa main. Il ne l'avait pas quittée des yeux.

— Je ne comprends pas. Je ne comprends rien. Ça me dépasse. Tout me dépasse.

— Je sais. C'est normal. Tu es encore sous le choc.

Elle reprit.

— Tu sais, je suis là pour t'aider. Si tu as besoin de quoi que ce soit tu me le dis. Je serai là pour toi. Thomas aussi.

Charles baissa les yeux sans desserrer son étreinte. Il se sentait las, sans force, vidé. Ses yeux se posèrent presque par hasard sur sa main qui emprisonnait le poignet de Marie. Il le lâcha subitement, comme s'il réalisait tout-à-coup la violence de son geste.

— Pardon. Pardon. Je suis désolé. Je ne sais pas ce qui m'arrive. Je fais n'importe quoi.

De l'homme menaçant ne restait plus qu'un petit garçon. Il tremblait.

Marie frotta son poignet discrètement.

— Ne t'en fais pas. Je comprends. J'imagine que je serais dans le même état à ta place.

Charles soupira. De l'un de ces soupirs qui comptent double. Qui vident encore un peu plus. Ou qui aident à reprendre des forces. On ne sait pas vraiment.

Il se laissa tomber lourdement sur le canapé, sentant craquer la structure en bois sous son poids. Il entoura sa tête de ses mains, la renversa vers l'arrière et ferma les yeux. Marie l'observait en silence. Elle pouvait voir le menton de Charles trembler sous la paume de ses mains.

Le temps s'était arrêté.

Chaque seconde pesait lourd.

Trop lourd pour eux deux.

Et les minutes encore plus.

— Pourquoi… Pourquoi tous ces secrets…

La question n'appelait pas vraiment de réponse.

Marie s'assit près de Charles sur le canapé.

— C'est comme si j'étais passé à côté d'elle. Comme si j'avais vécu avec une autre. Comme si je n'avais rien compris. Je me sens nul. Incapable. Je m'en veux. Tu ne peux pas savoir à quel point. Si j'avais vu tout ça avant, peut-être que j'aurais pu changer les choses. Peut-être que j'aurais pu changer sa décision. C'est vrai que ça n'aurait pas été facile d'apprendre tout ce qu'elle cachait. Mais au moins, j'aurais eu une chance de pouvoir faire quelque chose. Une chance de me battre, de ne pas me laisser faire. Une chance de regagner ma place auprès d'elle. Au lieu de ça, je suis resté comme un con dans ma petite vie en pensant que tout allait bien. Putain… comme je me suis trompé. Sur toute la ligne. Je n'en reviens pas. Je me demande comment c'est possible de se planter à ce point.

Marie posa une main apaisante sur le haut de son dos. Elle effleura la laine de son pull d'un geste hésitant. Elle choisit de ne rien dire.

Les secondes reprirent leur danse.

Une chorégraphie mal dégrossie.

Toujours le même mouvement.

L'angoisse écarlate de la suivante.

Les secondes qui tombent comme des gouttes d'eau.

Qui s'écrasent sur le sol.

Qui fracassent le cœur, tout au fond.

Qui fracassent tout.

— Je n'arriverai pas à vivre avec ça.

La pression de la main de Marie sur le dos de Charles se fit plus forte.

— Comment ça ?

— Je n'arriverai pas à vivre avec ça. Je ne pourrai pas. Il faut que je sache.

— Que tu saches quoi ? Tu sais déjà tout.

— Je sais ce qu'elle m'a écrit.

— Et bien, c'est tout non ?

— Peut-être. En tous cas c'est sa version des choses. J'ai besoin d'entendre les autres.

— Comment ça les autres ?

— La version des autres.

— …

Un souffle dans l'air, suspendu entre deux secondes.

La vibration imperceptible du sang qui bat plus fort dans les veines.

La respiration plus courte.

Le vertige qui menace.

L'abîme qui fredonne l'air enchanteur d'un charmeur de chagrins.

— Charles… Tu sais comme moi que ce n'est pas une bonne idée. A quoi ça sert ? Tu vas te faire du mal. C'est tout. Tu n'as rien à gagner dans tout ça. Et tu sais qu'elle ne reviendra pas. Alors s'il te plait, oublie ça. Je pense que tu as suffisamment souffert… N'en rajoute pas.

— Justement, j'ai trop morflé ces dernières semaines pour laisser tomber maintenant. J'ai besoin d'aller au bout. De me confronter à l'incompréhensible. De chercher à savoir pourquoi, si tant est que ce soit possible. Je n'ai pas le choix Marie. Pas le choix.

Marie soupira.

— Je sais. Et au fond, je te comprends. Mais j'ai peur pour toi. Que ça te fasse encore plus de mal, que ça ne t'apporte rien. Et même que toute cette histoire finisse par te détruire.

Charles ne répondit pas.

Les mains crispées, il respirait bruyamment.

Après de longues secondes de silence, il plongea ses yeux au fond de ceux de son amie.

— Je suis déjà détruit.

Marie sentit un frisson glacé parcourir son dos.

Charles avait parlé comme un robot. Froidement. Comme s'il n'était pas concerné. Comme si plus rien n'avait d'importance.

Alors qu'il se levait sans la quitter des yeux, elle comprit qu'elle ne pourrait rien y faire et que l'heure était venue de le laisser faire ses choix. Même si elle était convaincue qu'il faisait une énorme erreur. Même si elle savait que ce qu'il allait découvrir allait l'anéantir.

Elle passa sa main sur le visage ravagé de Charles, tout doucement, comme si ce geste pouvait effacer la douleur. Elle lui sourit, de l'un de ces sourires que l'on fait avec le cœur. Puis elle le contourna et sortit de la maison, en fermant la porte avec une infinie délicatesse. Sans un bruit.

Chapitre 16

Charles sursauta. Sans doute parce qu'il n'avait pas beaucoup dormi et aussi parce que cette sonnette faisait un bruit du diable. Pour calmer le tremblement de sa main, il la fourra dans sa poche. Il était envahi par l'angoisse.

Après le départ de Marie, il avait d'abord tourné en rond dans la maison pendant un bon moment. Puis il avait relu la lettre de Juliette, chaque mot lui serrant un peu plus le cœur. Il avait fini par la ranger dans un tiroir, juste pour ne plus l'avoir sous les yeux. Il s'était ensuite fait couler un bain, ce qu'il détestait habituellement. Mais à ce moment-là, il avait eu besoin du contact de l'eau sur sa peau, de se sentir enveloppé dans une chaleur sans conséquence, de s'abandonner à un instant hors du temps. Il avait fini par s'endormir dans la baignoire, réveillé par les frissons qui s'étaient emparés de lui. C'était en grelottant qu'il s'était séché à la hâte, puis avait empilé les couches de vêtements, pour finir par allumer un feu de cheminée avec qui il avait passé la soirée en tête-à-tête accompagné d'une demi-douzaine de bières. L'alcool s'ajoutant à l'épuisement, il avait passé une nuit agitée sur le canapé, secoué par des cauchemars, des réveils en sueur et des accélérations de son rythme cardiaque qui lui avaient coupé plusieurs fois le souffle. Au petit matin, la maison sentait le feu de bois froid et humide, les résidus de bière transperçaient chaque pore de sa peau et il s'était senti plus seul que jamais.

Alors il avait pris une douche rapide, avalé un café serré, fermé la maison, mis la lettre de Juliette dans sa poche et il avait repris sa voiture en sens inverse de la veille, direction Paris, bien décidé à y voir plus clair. Il aurait été bien incapable de décrire la route qu'il avait faite, englué dans un brouillard de pensées, de colère et de regrets. Il était arrivé épuisé et très en avance devant l'immeuble défraîchi de Manon. Quand il l'avait appelée en quittant sa maison, il lui avait annoncé un horaire qui lui avait semblé juste par rapport au temps de trajet habituel. Il venait de réaliser qu'il avait dû rouler bien trop vite pour arriver si tôt. Il était descendu de la voiture pour faire quelques pas dans la rue, imaginant sans doute calmer les angoisses qui l'assaillaient. Mais c'était peine perdue. Tout ce qu'il avait vu était la crasse et la misère de ce coin de Paris qu'il trouvait sordide. Il était retourné dans sa voiture, avait verrouillé les portières et fermé les yeux. Il avait tenté de maîtriser sa respiration mais rien n'y avait fait. Sa tête était au bord de l'implosion. Tous ses muscles étaient tendus à l'extrême. Alors, n'y tenant plus, il s'était rapproché de la porte d'entrée de l'immeuble et, tremblant, avait appuyé sur le petit bouton sans âge qui tenait par miracle à côté du nom de Manon.

— Oui ?

— C'est moi. Charles.

— Monte. Au 6ème.

La grande porte se déverrouilla dans un bruit d'enfer. Il pénétra dans hall qui sentait le renfermé et la pisse de chien. Il regarda autour de lui. Pas d'ascenseur. Il attaqua la montée de l'escalier les jambes lourdes. Sur le palier du 6ème étage, une porte était entrouverte. Il supposa qu'elle donnait sur l'appartement de Manon. Au moment où il allait toquer, la porte s'ouvrit. Manon était là, les cheveux en bataille, vêtue d'un jogging troué, d'un sweat à capuche tâché et d'une paire de grosses chaussettes grises. Elle était plus grande que dans son souvenir. Une sorte de liane souple et fragile que l'on pouvait faire plier juste en soufflant dessus. Les yeux rouges, les joues creuses, le teint pâle, elle avait dû copieusement pleurer suite à la discussion téléphonique qu'ils avaient eue quelques heures plus tôt. Elle s'effaça pour le laisser entrer.

L'appartement était étriqué, bordélique, coloré. Passionnée de voyages, Manon entassait dans ses trente-deux mètres carrés les babioles dénichées aux quatre coins du monde sans aucune logique ni cohérence. Le fouillis était le maître des lieux au même titre que l'éclectisme et les odeurs exotiques. On était bien loin de l'ordre rassurant de la maison de Juliette et de Charles. Manon désigna d'une main molle une sorte de coussin informe multicolore.

— Assieds-toi, je t'en prie. Tu veux un café ?

— Oui, merci. Répondit-il en se frottant le visage.

— OK. Je reviens tout de suite.

Manon disparut dans le recoin qui faisait office de cuisine et Charles posa ses fesses sur le coussin dans lequel il s'enfonça sans parvenir à trouver une position vraiment confortable. Il finit par croiser ses jambes en tailleur sur le sol, assis sur le rebord de l'étoffe rugueuse. Il observa le décor autour de lui. En tout et pour tout, il n'avait vu Manon qu'à deux reprises. Une fois dans un café dans lequel il avait rejoint Juliette qui avait passé une partie de l'après-midi en compagnie de son amie, et une seconde fois à l'occasion de l'anniversaire de sa femme auquel elle avait invité quelques amis et collègues. Manon lui avait paru un peu bohème, mais il devait bien avouer que son appartement dépassait tout ce qu'il avait pu imaginer. Il en venait même à se demander ce que Juliette avait pu trouver à cette fille de qui elle était si différente. Juliette était posée, ordonnée, organisée, classique. Tout le contraire de Manon dont l'instabilité frisait le ridicule pour une femme approchant la quarantaine. Juliette lui avait expliqué que Manon était actrice, qu'elle avait du talent, mais qu'il n'était pas reconnu à sa juste valeur. Apparemment, elle avait manqué de chance et elle vivotait de quelques cachets glanés au hasard des pièces de théâtre dans lesquelles elle était parvenue à décrocher un rôle. Dès qu'elle avait suffisamment d'argent pour se payer un voyage, elle partait, munie de son sac-à-dos sans âge, sans rien prévoir, avec la seule envie de découvrir le monde et ceux qui l'habitaient. Elle ne manquait jamais de se retrouver dans des situations improbables, dans des galères sans nom dont elle se sortait avec l'envie de recommencer au plus vite. Rien à voir avec Juliette qui avait toujours passé ses vacances au même endroit, en Normandie d'abord, puis en Sologne avec Charles. Bien-sûr ils avaient eu l'occasion de faire quelques voyages. Mais c'étaient des voyages organisés, planifiés, dans de beaux hôtels avec excursions balisées et programme rassurant. Manon était une artiste, avec tout ce que cela impliquait d'improvisation, d'aventure et de vie en déséquilibre. Juliette était casanière, stable, prévisible et prévoyante. Alors décidément, cette amitié décontenançait Charles.

Manon réapparut avec deux tasses fumantes et une assiette de biscuits à la cannelle qu'elle posa sur l'étroite table basse qui faisait face à Charles.

— Sers-toi. Ils sont tous frais, je les ai faits hier.

— Merci.

A la vue des biscuits, il s'aperçut qu'il avait faim. Il en saisit un et le fourra dans sa bouche. Le goût sucré titilla ses papilles et lui fit du bien.

— Je suis désolé de débarquer à l'improviste. Mais j'ai besoin de savoir. Je ne peux pas rester comme ça avec des suppositions. Il faut que je comprenne. Que je tire au clair toute cette histoire.

— Je comprends. J'imagine que je réagirais comme toi si j'étais à ta place.

Ils burent leur café en silence.

— Charles, je suis désolée. J'ai eu un tel choc ce matin quand tu m'as appelée. Je n'aurais jamais imaginé que ça puisse aller si loin. Jamais je n'aurais pensé qu'elle puisse en arriver là. Comme je te l'ai dit, je ne savais pas tout. Peut-être que si je l'avais su j'aurais agi différemment. J'aurais tout fait pour la faire changer d'avis. J'aurais été davantage présente pour elle. Je l'aurais aidée à prendre la bonne décision. Mais maintenant c'est trop tard. Et je m'en veux. Je regrette qu'elle ne m'ait pas tout dit et je regrette de n'avoir pas tout vu. Elle se confiait beaucoup à moi. Souvent. Presque tout le temps en fait. Jamais je n'aurais imaginé qu'elle me cache encore des choses. Elle me faisait confiance. Enfin, c'est ce que je croyais… Maintenant je ne sais plus. Et je m'en veux terriblement.

Charles l'observait. Il n'avait aucune estime pour cette fille qui menait une vie d'éternelle adolescente sans se soucier de rien. Il lui en voulait d'avoir remporté ce rôle de confidente auprès de Juliette, rôle qu'il aurait tant voulu avoir et qu'il estimait devoir lui revenir. Il lui en voulait de ne pas lui avoir dit ce qui se passait, d'avoir laissé Juliette faire n'importe quoi, d'avoir cautionné ses sorties de piste. Oh oui… Comme il lui en voulait ! Ça l'étouffait. Ça le révoltait. Ça le rendait fou de rage.

Alors il attaqua.

— C'est trop tard pour culpabiliser. Le mal est fait. Elle est partie. Si tu m'en avais parlé avant j'aurais pu faire quelque chose, j'en suis certain. Mais tu as tout gardé pour toi parce que tu étais bien contente qu'elle ne te parle qu'à toi. Pourquoi, je n'en sais rien. Peut-être parce que tu étais jalouse. Parce que ta petite vie minable n'est rien à côté de celle de Juliette. Parce qu'elle a réussi et pas toi. Parce qu'elle avait fait un beau mariage, qu'elle avait de l'argent, qu'elle pouvait faire tout ce qu'elle voulait. Alors que toi, tu es une actrice ratée, ta carrière n'a jamais décollé et ne décollera jamais. Tu fuis les responsabilités. Tu n'as pas d'enfant, pas de mec, pas de vie. Rien. C'est ça hein ? Tu étais jalouse ? Evidemment que tu n'as rien fait. Vu comme ça, c'est logique que tu n'aies pas cherché à m'alerter sur quoi que ce soit. D'ailleurs j'aurais peut-être fait pareil à ta place. C'était facile. Sauf que maintenant tu regrettes parce que tu vois où ça l'a menée. Où ça nous a tous menés. Et c'est trop tard. On ne pourra plus revenir en arrière, rien effacer. Tu es contente n'est-ce pas ? Tu l'as eue ta revanche ? Tu t'es vengée de cette soi-disante inégalité, de ce manque de chance que tu as toujours été convaincue de subir. Tu t'en fous bien de faire souffrir les autres pour ça. Tu t'en fous. Tu es égoïste. Tu n'as pensé qu'à toi.

Choquée, Manon ouvrait encore plus grand ses yeux immenses en fixant Charles sans ciller. Elle s'était redressée sur son coussin, le dos droit, les muscles en alerte, comme si elle était prête à bondir, à attaquer, à défendre ce qui lui appartenait. Elle sentait son sang bouillir dans ses veines, son cœur cogner fort dans sa poitrine, les mots se bousculer à la porte de ses lèvres.

Alors elle se leva d'un bond, comme mue par un sursaut de rage, d'envie d'en découdre. Elle serra les poings et fusilla Charles de son regard noir.

— Et toi ? Tu as fait quoi ? Hein ? Dis-moi ! Tu as fait quoi ? Tu viens m'agresser chez moi, tu me balances toutes tes horreurs à la figure sans rien savoir de moi. C'est quoi qui ne va pas chez toi, tu peux me le dire ? Tu dis que tu aurais pu faire quelque chose, que tu aurais pu la faire changer d'avis ou je ne sais quoi. Mais tu rêves mon pauvre ! Juliette n'était pas celle que tu crois. Tu t'es planté. Sur toute la ligne. Tu as plané pendant des années. Je me demande même comment c'est possible d'être à côté de la plaque à ce point. Tu sais quoi, tu n'aurais rien pu faire. Et tu sais pourquoi ? Parce que tu n'aurais pas compris. Alors que moi, je l'ai toujours comprise Juliette. Je l'ai comprise et je l'ai écoutée. J'ai toujours été là. Contrairement à toi. Et je vais te dire une chose. Ce n'est pas parce qu'on partage la vie de quelqu'un qu'on est là et qu'on sait qui elle est. Tu vivais avec elle mais tu es complètement passé à côté de qui elle était vraiment. Tu n'as pas idée de ce qu'elle a vécu à côté de sa vie avec toi. Tu ne sais rien de la vie qu'elle aurait voulu avoir. C'est pour ça qu'elle en est arrivée là. Je ne sais pas si c'est parce que tu es trop égoïste ou trop con, et au fond je m'en fous. Mais le résultat est là, et comme tu dis, c'est trop tard. Alors avant de me balancer toutes tes saloperies sur ma vie, tu ferais bien de regarder un peu la tienne. Je peux te dire que je préfère largement être à ma place qu'à la tienne. J'ai honte pour toi.

Charles ne respirait plus. Il soutenait le regard de Manon tant bien que mal, chaque mot s'enfonçant comme autant de couteaux dans sa chair. Il aurait voulu pouvoir lui sauter à la gorge. L'étrangler, la bâillonner, la faire taire définitivement. Il était hors de lui. Et pourtant, tout au fond de lui, il savait qu'elle avait raison. Il savait que s'il était si agressif c'était parce qu'il était jaloux d'elle. Et aussi parce que depuis qu'il avait lu la lettre de Juliette, il avait compris qu'il était passé à côté de sa femme. L'amour de sa vie… Il n'avait rien vu, rien compris. Il n'avait pas su l'écouter, pas su décrypter ses rêves et ses envies. Et il ne pouvait pas l'accepter.

Sans rien sentir arriver, il éclata subitement en sanglots. De grosses larmes jaillirent de ses paupières. Tout son visage se crispa dans une grimace infâme. Son nez se mit à couler, sa bouche à se tordre. Tout son corps se mit à trembler, secoué par sa respiration saccadée.

Manon se figea et se rassit. La réaction de Charles transforma sa colère en pitié. Elle le laissa pleurer pendant plusieurs minutes. Elle le laissa vider son réservoir de désespoir, de rage, de remords, de culpabilité et d'amertume. Et Dieu sait à quel point il était plein…

Puis les larmes diminuèrent, pour finir par se tarir complètement. Alors Charles s'essuya le visage, se moucha, et rejoignit le coin cuisine pour passer un peu d'eau fraîche sur son visage. Quand il revint s'asseoir, on aurait dit qu'il avait vieilli de dix ans. Il reprit place sur son coussin.

— Pardonne-moi. Je ne sais plus ce que je dis. Depuis plusieurs jours je fais n'importe quoi. Je deviens agressif, vulgaire, colérique. Je fais des choses qui ne me ressemblent pas. Je ne sais plus ce qui est vrai, ce qui ne l'est pas. Je suis complètement paumé. Je ne sais pas comment faire face à tout ça.

— OK, tu es au bout du rouleau, j'ai compris. Mais tu te rends compte de ton comportement ? On se connaît à peine, tu m'as vue deux fois en tout et pour tout et tu viens m'agresser chez moi, comme ça, parce que tu es désespéré ? Franchement tu abuses vraiment.

Charles était au plus mal.

— Je sais… Tu n'étais pas obligée d'accepter que je vienne aujourd'hui, toi aussi tu dois encaisser et moi je gâche tout. Mais s'il te plait, excuse-moi. Essaie de ne pas faire attention à ce que j'ai dit. Je crois que j'aurais pu dire n'importe quoi pour me déculpabiliser. Tu as raison, je suis trop con. Vraiment trop con.

— Ça ne sert à rien de t'apitoyer sur ton sort.

— J'ai besoin de comprendre Manon. Je ne peux pas rester sur un truc inachevé. C'est impossible.

Manon soupira.

— Je pense que je peux comprendre. Et puis d'après ce que tu m'as dit, moi non plus je n'ai pas tout compris.

Charles reprit une gorgée de café.

— Manon. J'ai besoin que tu me dises ce que tu sais.

Elle le dévisagea.

— Tu veux savoir quoi ?

Il hésita.

— Je ne sais pas. Raconte.

— Mais enfin Charles…

— Quoi ?

— Et bien, je ne sais pas. C'est compliqué.

— Non ce n'est pas compliqué. Je suis venu pour avoir des explications. Manifestement tu en sais plus que moi, alors j'ai besoin que tu me dises ce qu'il en est réellement.

— Mais…

— Je sais qu'il y a des choses qui ne vont pas me plaire. Mais je suis prêt à les entendre. Je veux comprendre d'accord ?

—…

— Manon. S'il te plaît. Parle-moi. J'ai besoin de savoir.

Manon inspira à fond, puis expira lentement.

— OK.

Elle vida sa tasse de café, se leva pour prendre un verre d'eau qu'elle but d'un trait. Elle passa la main sur son visage et dans ses cheveux, puis reprit sa place en face de Charles.

Elle se lança.

— J'ai rencontré Juliette à l'hôpital. J'étais hospitalisée suite à une tentative de suicide. J'allais vraiment mal. J'avais avalé une plaquette entière de médicaments alors je t'épargne les détails, mais ce n'était pas très joli à voir. Les médecins ont fait leur job, ils m'ont tirée d'affaire. Seulement, c'est après que ça s'est corsé. J'étais dans un état pitoyable, ma vie ne ressemblait à rien. Je pleurais toute la journée. Comme j'étais psychologiquement instable, ils ont décidé de me garder à l'hôpital. Je ne faisais rien de mes journées. Le mur en face de mon lit et le plafond étaient mes seuls horizons. Même la télévision ne me disait rien. Je mangeais à peine. Je dormais mal. J'étais abrutie par les médicaments. Un jour j'ai eu envie d'un café alors j'ai pris mon courage à deux mains et je suis descendue dans le hall où j'avais repéré un distributeur. J'ai pris mon café et je me suis assise sur une chaise pour le boire. C'est là que j'ai vu Juliette pour la première fois. Elle était descendue chercher un dossier qu'elle avait oublié à l'accueil. Elle m'a tout de suite beaucoup impressionnée. Elle était élégante, présente, solaire. Je ne pouvais plus détacher mon regard d'elle. Elle a dû le sentir car elle s'est retournée et m'a regardée. Je me suis sentie prise en faute. Et puis elle est venue me parler. Je ne sais plus de quoi d'ailleurs. Mais c'est là que tout a commencé. Ensuite elle venait me rendre visite chaque jour. On discutait, on buvait un café. Elle restait parfois un peu après ses heures de travail. Elle m'a écoutée, elle m'a montré que la vie n'était pas si horrible que ça. Elle m'a redonné espoir. Quand je suis sortie, notre amitié s'est encore renforcée. On s'appelait presque tous les jours et elle venait souvent ici. En coup de vent évidemment, sauf quand tu partais faire tes virées pour tes photos. Ça lui laissait plus de temps. Je crois qu'elle se sentait bien dans mon appartement. Je sais que cela peut te sembler bizarre, peut-être même incompréhensible, mais elle aimait le désordre qu'il y a ici, l'idée que chaque objet, quelles que soient sa provenance, son histoire ou son utilité, ait une place. Elle aimait la vie qu'il y avait ici que le manque de fantaisie de votre maison ne permettait pas. J'allais mieux, j'avais décroché de nouveaux contrats et j'arrivais enfin à reprendre le dessus. Alors elle a commencé à se confier. Au début elle me parlait de sa vie, de l'hôpital, de ses week-ends avec toi. Ensuite elle m'a parlé de ses rêves, de sa passion pour le violon et de tout le reste. Moi j'étais là. Sans la juger. Jamais. Je crois que c'était ce dont elle avait besoin.

— Sincèrement Manon, je croyais que tu étais une simple connaissance pour elle. Je ne savais pas que vous étiez si proches. Pourquoi ne m'en a-t-elle rien dit ?

— Peut-être parce qu'elle avait peur que tu ne comprennes pas. Notamment son amitié pour moi qui suis si différente du genre de personnes que vous avez toujours côtoyées. Parce qu'elle considérait qu'il était trop tard pour te parler de ses envies et de ses frustrations. Parce qu'elle agissait toujours en fonction de ce qu'elle pensait que les autres attendaient d'elle. Parce qu'elle faisait toujours attention à bien remplir son rôle. D'infirmière, d'épouse, d'amie, de confidente, de celle qui fait toujours ce qu'il faut quand il faut.

— Mais je ne comprends pas. Tu veux dire que notre vie lui déplaisait à ce point ?

— Tu sais qu'elle a décidé de devenir infirmière à la mort de ses parents. Une sorte de revanche sur l'inacceptable. Elle n'a pas pu sauver ses parents alors elle a décidé de sauver les autres. Classique. Mais au fond, ce n'est pas ce qu'elle rêvait de faire.

— Comment ça ?

— Elle rêvait de devenir violoniste.

Charles sourit.

— Oui, le violon était sa passion, et c'est vrai qu'elle a passé quelques auditions. Mais ce n'est jamais allé plus loin. Elle n'a jamais cherché à percer. Elle n'a jamais persévéré.

Manon prit une profonde inspiration.

— C'est là que tu te trompes.

— C'est-à-dire ?

— Si elle n'a pas persévéré comme tu dis, c'est pour toi. Uniquement pour toi. Elle était convaincue que tu ne comprendrais pas et que tu ne la soutiendrais pas. Elle me disait que tu avais besoin de stabilité, que tu étais fou amoureux d'elle, que tu avais besoin d'elle. Elle savait qu'une carrière musicale l'emmènerait aux quatre coins du monde. Elle ne voulait pas te l'imposer. Elle pensait que votre couple n'y résisterait pas. Et puis elle avait peur de te décevoir. Elle savait que tu étais fier de ce qu'elle faisait. Sauver des gens et tout ça. Alors que le violon… C'était autre chose. C'était différent. Elle m'a raconté qu'un jour tu lui avais dit que tu ne l'aurais vue dans aucun autre métier tellement elle était faite pour le sien. Et puis tout le monde était satisfait de son travail à l'hôpital. Son chef lui faisait confiance. Ses patients aussi. Elle n'avait pas le courage de tout remettre en question.

— Mais enfin c'est stupide ! Jamais je ne l'aurais empêchée de faire quoi que ce soit ! Et certainement pas de devenir violoniste ! Elle était douée. Elle avait du talent. Pourquoi je ne l'aurais pas encouragée ?

Manon haussa les épaules.

— Je te dis juste quels étaient ses ressentis. Je ne prétends pas savoir si elle avait raison ou tort. Quoi qu'il en soit c'est comme ça. C'est ce qu'elle pensait.

— Et le chef d'orchestre, qu'est-ce qu'il a à voir dans tout ça ?

Manon se redressa et fronça les sourcils.

— Tu es au courant ?

— Oui je suis au courant.

— Mais… depuis combien de temps ?

— Elle m'a laissé une lettre avant de partir. Elle parle de lui dedans.

— Je vois… Et donc ?

— Et donc, j'aimerais que tu m'en parles. Tu le connais ?

Manon souffla à nouveau. L'air de rien, cette conversation était éprouvante pour elle.

— Oui, je le connais. Enfin, connaître est un bien grand mot. Disons que je l'ai rencontré deux ou trois fois.

— Raconte.

— Tu es sûr ?

— Oui.

Elle reprit son souffle.

— Et bien il y a trois ans, j'ai accompagné Juliette à l'Opéra, pour assister à un concert de musique classique. Ce n'était pas trop mon trip mais elle tenait à me faire découvrir son univers alors j'y suis allée. Le concert était magnifique. Il faut dire que le lieu était magique. Bref, à la fin du concert, elle a croisé un ancien patient. D'après ce que j'ai compris il était resté hospitalisé un bon moment et de ce fait, ils avaient noué une relation plutôt amicale. Ils s'étaient perdus de vue et ils étaient contents de se revoir. Ils ont parlé un moment et je les ai laissés discuter tranquillement. Et puis je ne sais pas ce que j'ai fait ni combien de temps je suis partie, mais quand j'ai retrouvé Juliette, son patient n'était plus là et elle discutait avec le chef d'orchestre qui avait dirigé le concert que nous venions d'écouter. Il était plus grand qu'elle, les cheveux châtains tombant un peu sur la nuque, avec un look que l'on pourrait qualifier de non conventionnel pour un homme avec cette fonction. Il souriait beaucoup et la regardait avec douceur. Elle buvait ses paroles. On aurait dit que plus rien n'existait autour d'eux. Je me suis avancée et quand elle m'a vue elle me l'a présenté. Virgile Azarov. Un grand nom de la musique. Un parcours et un palmarès impressionnants. Une renommée internationale. Et plus que tout, un charisme et une aura que j'ai rarement eu l'occasion de rencontrer. Ils ont échangé leurs coordonnées et nous sommes repartis chacun de notre côté. Sur le chemin du retour, elle ne parlait déjà plus que de lui.

Manon se tut un instant. Elle prit le temps d'observer Charles. Il avait l'air de souffrir.

— Je suis désolée… mais tu m'as demandé de te raconter.

— Oui, ne t'en fais pas. Je tiens le coup. Vas-y, continue.

— Très bien. Après ce soir-là, ils se sont revus très rapidement. Ils sont devenus amants dès leur deuxième rencontre ou presque, je ne sais plus. Elle était euphorique. Elle revivait. Elle me parlait sans cesse de lui. Elle l'admirait tellement... Ils se voyaient dès que les tournées de Virgile le permettaient. Il était souvent absent mais elle aimait ce rythme irrégulier, cette attente avant de le retrouver, ce planning différent chaque semaine qui leur permettait d'éviter la routine qu'elle détestait tant. Et puis un jour, il lui a demandé de travailler avec lui, de rejoindre son orchestre. Il lui disait qu'elle avait du talent, qu'elle pouvait faire carrière dans la musique. Il a beaucoup insisté. Il la voulait avec lui, tout le temps. Elle a hésité. Vraiment hésité. On en a beaucoup parlé toutes les deux. Elle ne savait pas quoi faire. Elle était tiraillée entre vous deux. Elle était éperdument amoureuse de lui mais, je te le promets, elle t'aimait toujours. Au fond, je crois qu'elle t'a toujours aimé. Même au plus fort de sa passion avec Virgile. Elle vous aimait tous les deux.

Manon reprit une gorgée d'eau.

— Finalement elle a refusé l'offre de Virgile. Cette décision lui a déchiré le cœur. Et comme je te le disais tout à l'heure, elle l'a fait pour toi. Malgré son amour pour Virgile et son amour de la musique, elle n'acceptait pas l'idée de t'abandonner. Elle me disait que tu ne pourrais pas vivre sans elle. Que sa vie était avec toi. Même si elle n'était pas complètement heureuse. Elle culpabilisait énormément. Au fond, elle aurait voulu les deux. La stabilité de sa vie avec toi d'un côté, la passion de la musique et la passion tout court avec Virgile de l'autre. Mais comme c'était impossible, elle a dû faire un choix. Elle a pensé qu'à partir de ce moment-là Virgile refuserait de la revoir. Mais cela n'a pas été le cas. Il l'aimait sincèrement et je pense vraiment qu'il a compris son choix, quelle qu'ait pu être sa déception. Ils ont continué à se voir, comme avant toutes ces questions. Dès qu'il était à Paris et qu'elle avait un moment de libre, elle le rejoignait. Peut-être que tu ne vas pas le comprendre, mais cette histoire avec Virgile lui a permis de trouver un certain équilibre. Elle étouffait dans sa vie. Enfin, dans votre vie. Elle n'était pas faite pour le quotidien, le mariage, la belle maison et la vie parisienne. Elle était faite pour la passion, la musique, la bohème et la campagne. Je crois qu'elle l'a compris trop tard. Trop tard pour faire marche arrière.

— Je n'en reviens pas. Je n'ai absolument rien vu… Et j'ai même l'impression que tu me parles de quelqu'un d'autre.

— Je sais. Elle savait cacher son jeu. Elle aurait d'ailleurs très certainement été une bien meilleure actrice que moi.

Manon esquissa un demi sourire.

— C'est sans doute pour toutes ces raisons-là que je la trouvais parfois un peu plus distante, un peu plus absente. Mais je me demande comment j'ai pu ne pas la comprendre à ce point. Elle m'a toujours dit et démontré que notre vie lui convenait.

Qu'elle était heureuse. Qu'elle n'avait pas besoin d'autre chose. Et moi je l'ai crue, évidemment. Comment aurais-je pu en douter ? Elle était toujours souriante, présente, attentive. Elle avait l'air sincèrement heureuse.

— Je pense qu'elle l'était. En tous cas par moments. Mais elle avait besoin de plus. Et comme elle ne l'avait pas avec toi, elle l'a trouvé auprès de Virgile.

Le silence s'installa. Lourd. Chaud. Glacial.

Chaque mot résonnait maintenant dans la pièce étriquée.

Chaque son prenait trop de place.

Charles et Manon n'osaient plus se regarder.

Pour faire diversion, et peut-être aussi dans une ultime tentative de chasser la pesanteur qui régnait dans la pièce, Manon se leva pour ouvrir la fenêtre. La rumeur de la ville pénétra dans l'appartement, apportant un peu de légèreté.

— Je ne comprends pas. Vraiment je t'assure. J'essaie mais je n'y arrive pas. Je suis en colère. Contre elle, contre moi, contre ce type. Je suis fou de rage à l'idée qu'il ait pu poser ses mains sur elle, qu'elle ait pu tomber amoureuse, qu'elle ait pu ne serait-ce qu'envisager de me quitter. Ça me rend dingue.

Manon ne bronchait pas, les yeux rivés au sol, consciente de l'impact des révélations qu'elle venait de faire.

— Elle avait tout ce qu'elle voulait. Elle l'avait choisie cette vie. C'est elle qui a voulu devenir infirmière, ce n'est pas moi qui l'ai poussée à le faire. Elle disait que son travail lui plaisait. Elle en parlait d'ailleurs avec passion. Quand j'ai hérité de la maison du 14ème, elle était presque plus heureuse que moi. Elle l'a aménagée comme elle l'a voulu, je ne suis pas intervenu, je l'ai laissée faire. Elle était entourée d'amis sincères. Elle avait du temps pour jouer du violon. On a décidé ensemble de ne pas avoir d'enfant. C'était important pour elle que l'on reste tous les deux. Elle…

Charles s'interrompit, laissant en suspends sa phrase a peine entamée.

Manon venait de lever les yeux dans un mouvement brusque et de se redresser imperceptiblement.

— Quoi ? Qu'est-ce qu'il y a ? L'interrogea-t-il.

— Rien. Rien du tout. Répondit-elle en secouant la tête.

— Si. Il y a quelque chose. Manon, je t'ai vue. C'est quoi cette réaction ?

Elle se leva et lui tourna le dos. Elle se dirigea vers la fenêtre pour offrir son visage à la brise automnale.

— Rien je te dis. Il n'y a rien.

Charles souffla bruyamment.

— Arrête de te foutre de moi. J'ai bien vu dans ton attitude que quelque chose t'a fait réagir. Je ne suis pas idiot. Alors dis-moi quoi.

Elle ne répondit pas. Il pouvait voir ses épaules monter légèrement au rythme de sa respiration.

— Manon…

— Non.

— Non quoi ?

— Non je ne te dirai rien.

Charles bondit de son coussin.

— Comment ça tu ne me diras rien ? Mais enfin quoi, après tout ce que tu m'as raconté c'est complètement ridicule ! De toute façon ça ne peut pas être pire ! Alors à quoi ça rime ?

— Laisse tomber. Je ne peux pas c'est tout.

Il la prit par les épaules et commença à la secouer.

— Mais si tu peux ! Tu dois me le dire ! Tu ne peux pas me laisser comme ça ! Tu te rends compte de tout ce que je vis là ? Tout mon monde s'écroule… J'ai besoin de savoir tu comprends ? J'en ai besoin !

Manon fit volte-face.

— Je ne te dirai rien tu piges ? Je t'en ai déjà trop dit. Je lui avais promis de garder le secret sur toute cette histoire et je viens de trahir ma promesse. Alors ne compte pas sur moi pour aller plus loin. Tu devrais déjà réfléchir à tout ça. Moi aussi je suis malheureuse. Il n'y a pas que toi qui souffres dans l'histoire. Alors laisse-moi tranquille maintenant.

— Mais Manon, tu…

— Laisse-moi ! Laisse-moi !

Elle le repoussa brutalement.

Il recula d'un pas, stupéfait.

— Mais…

— Va-t'en. S'il te plaît, va-t'en.

Elle lui tourna le dos et se posta près de la fenêtre. Charles comprit qu'il ne pourrait plus rien tirer d'elle. Il prit sa veste qu'il avait suspendue à la patère de l'entrée et se dirigea vers la porte, chaque pas lui faisant mal. En ouvrant la porte, il murmura :

— Merci. Pour ce que tu m'as dit. Au revoir.

Seul un silence épais lui répondit.

Il sortit de l'appartement et referma la porte derrière lui.

**

Deux heures plus tard, Charles était installé dans une brasserie de la rue Saint-Dominique. Il avait choisi cet endroit pour plusieurs raisons. D'abord il était loin du quartier dans lequel habitait Manon. En ressortant de chez elle, il avait ressenti le besoin urgent de s'éloigner. Comme pour fuir l'inacceptable. Ensuite, Charles avait toujours aimé cette rue et ce quartier en général. La rue Saint-Dominique était à la fois pleine de vie et très intimiste. Il s'y était toujours senti bien. Il avait besoin de retrouver un peu de réconfort dans la tourmente.

Attablé devant un croque-monsieur accompagné d'une salade verte dont la seule vue le dégoûtait, Charles avait retourné une bonne centaine de fois les paroles de Manon dans sa tête. Leur entrevue avait été brève, mais épuisante. Ce qui le bouleversait le plus était la sensation de découvrir une autre Juliette que celle avec qui il avait partagé sa vie pendant plus de vingt ans. C'était très perturbant car le portrait que lui avait dressé Manon allait à l'encontre de ce qu'il connaissait de sa femme sur de nombreux aspects. Quant à sa relation avec ce Virgile... Ça le rendait tout simplement fou. S'il s'en était aperçu plus tôt il aurait pu se battre, la reconquérir. Mais maintenant, c'était trop tard. Repenser à ce que Juliette avait fait dans le passé était douloureux, mais ça l'était moins que d'accepter l'idée qu'il ne pourrait plus jamais rien y faire.

Tout cela était difficile à entendre, à comprendre, à concevoir. Pourtant, Charles craignait que ce qu'il lui restait à découvrir soit encore plus ignoble. Manon n'avait pas voulu lui en dire plus. Pourquoi ? Qu'y avait-il de si terrible ?

Délaissant son croque-monsieur, Charles but un café brûlant tout en ressassant ses idées noires. Pas de doute, il devait continuer. Tant pis pour son amour-propre s'il découvrait des choses encore plus blessantes. Il n'avait plus peur.

Il pianota sur son téléphone pendant quelques minutes à la recherche d'un numéro de téléphone. Etrangement, il ne lui fallut que peu de temps pour trouver l'information. Il composa le numéro.

— « Bonjour, vous êtes sur le répondeur de Virgile Azarov. Laissez-moi un message. Je vous répondrai dès que possible. »

La mâchoire de Charles s'était crispée à mesure qu'il écoutait la voix grave et posée de Virgile. Elle dégageait de l'assurance, du calme, une certaine forme de charisme.

Il raccrocha immédiatement sans laisser de message.

Sans plus attendre, il composa un autre numéro.

La sonnerie s'éternisa. Il faillit raccrocher.

— Allo ?

— Arnaud ? C'est Charles.

Une hésitation se fit sentir.

— Bonjour Charles. Comment vas-tu ?

— Inutile de tourner autour du pot, je sais tout. Juliette m'a laissé une lettre. J'ai besoin de te voir. Quand puis-je passer à ton bureau ?

— OK. Je suis vraiment désolé. Je… Enfin… Bon, viens demain matin. Vers 10 heures ça te va ?

— Oui. De toute façon, je n'ai plus rien d'autre à faire maintenant.

Arnaud soupira.

— A demain.

— A demain.

Charles reposa le téléphone sur la table dans un geste plus brusque qu'il ne l'aurait voulu. Il tremblait.

Il paya et sortit de la brasserie qu'il s'était soudainement mis à détester.

Machinalement, il reprit le chemin de sa maison, avec la sensation que son corps et son cœur allaient se disloquer pour de bon.

Chapitre 17

17 octobre

Les mêmes chaises en plastique bleu. La même odeur de désinfectant qui prend à la gorge. Le même lino gris triste. Les mêmes regards inquiets. La même présence de la mort qui rôde telle une menace à laquelle on pense tous. Dire que cet endroit avait été le terrain de jeu de Juliette pendant vingt ans. Charles l'avait toujours admirée pour ça. La maladie, le sang, la douleur, la tristesse, les drames, les corps déchirés. Jamais il n'aurait pu avoir ce courage, cette volonté de combattre le pire. Parfois de mener des batailles déjà perdues. Juliette avait cette capacité à rassurer, à apaiser, à faire sourire au milieu de l'enfer. Pas Charles. Lui se serait écroulé à la vue de la moindre plaie, du moindre morceau de chair abîmé. Le seul fait d'être assis au milieu des patients l'angoissait.

Malgré la chaleur épaisse de l'hôpital, il se mit à frissonner. L'épuisement le guettait. Physique et émotionnel. Même dans ses pires cauchemars il n'aurait pas imaginé pouvoir être un jour confronté à une telle épreuve. Il essayait de se poser le moins de questions possible, s'attachant juste à comprendre quelles avaient pu être les motivations de Juliette. C'était aussi pour lui un moyen de rester un peu plus longtemps auprès d'elle, dans son univers, dans ce qu'elle avait vécu. Pour faire comme si elle était encore un peu là…

La porte du bureau d'Arnaud s'ouvrit pour laisser sortir un patient. Le chef de service balaya la salle d'attente du regard. Quand il repéra Charles, il lui adressa un timide sourire forcé. Il lui fit signe d'entrer.

— Bonjour Charles. Assieds-toi.

Charles prit place sur le fauteuil en skaï usé par ses trop nombreuses années de service.

— Avant tout, je voulais te dire que je suis désolé. Sincèrement désolé. Comme Juliette a dû te l'écrire, je suis au courant de tout depuis le début. Je savais comment ça allait finir. Je savais ce qu'elle avait prévu de faire. Je veux que tu saches que j'ai essayé de la faire changer d'avis. Vraiment, j'ai tout essayé. Mais à partir du moment où sa décision a été prise, il n'y a rien eu à faire. J'imagine que tu dois te poser la question, alors je vais y répondre tout de suite. Elle t'aimait. Malgré tout ce qui a pu se passer, elle t'aimait toujours. C'est la raison pour laquelle elle a énormément culpabilisé. Elle s'en voulait de te laisser seul. Pour tout te dire, elle avait peur que tu ne sois pas assez costaud pour affronter son absence et toute la vérité. C'était très curieux car on sentait qu'elle aurait voulu être présente pour toi au moment où tu saurais ce qui s'était passé. Et en même temps, c'était elle qui choisissait de ne plus être là. C'était illogique, mais c'était comme ça. Je veux aussi que tu saches que même si je connaissais sa décision, je ne l'ai jamais approuvée. Et je veux que tu saches que je ne l'ai pas aidée non plus.

— Je sais. Elle me l'a dit dans sa lettre.

— Bien.

Visiblement mal à l'aise, il but une gorgée d'eau.

— Depuis ton appel téléphonique d'hier, j'ai bien réfléchi. J'ai essayé de me mettre à ta place, de faire abstraction de Juliette, de tout ce que je sais d'elle, de vraiment comprendre ce que tu pouvais vivre depuis qu'elle est partie. Pour tout te dire, je n'ose pas imaginer dans quel état tu dois être. Peut-être même qu'à ta place je n'aurais pas tenu le coup. Alors j'ai décidé de tout te dire. Je ne sais peut-être pas tout, mais je pense que j'en sais pas mal. Elle s'était confiée à moi depuis le début. Nous avions une véritable relation de confiance. Je n'étais pas de sa famille, pas vraiment un ami non plus, mais plutôt quelqu'un de neutre qui ne l'a jamais jugée. C'est sans doute cette posture qui a fait qu'elle m'a toujours parlé. En te parlant à mon tour, j'ai la sensation de la trahir. Je ne suis pas à l'aise avec ça mais je vais quand même le faire. Je voulais que tu le saches.

— Merci.

Un silence pesant s'installa. Arnaud faisait tourner son verre d'eau entre ses longs doigts. Charles avait glissé les mains sous ses cuisses malgré la sensation désagréable du skaï qui collait à ses doigts.

— Bien. Que veux-tu savoir ?

Charles prit une grande inspiration.

— Je suis allé voir son amie Manon hier. Elle m'a parlé de Juliette, et j'ai eu la sensation de découvrir une autre personne. J'ai l'impression de m'être trompé sur elle, de ne pas la connaître. J'ai vécu vingt ans avec elle. Vingt ans, tu te rends compte ? Ce n'est pas rien tout de même… Et pourtant. Entre ce qu'elle m'a écrit et ce que Manon m'a dit, c'est comme si j'étais complètement passé à côté d'elle. Comme si j'avais vécu avec une étrangère.

— De quoi parles-tu ?

— De son métier par exemple. Je sais qu'elle a choisi de devenir infirmière suite au décès de ses parents. Sans doute avait-elle quelque chose à réparer, ou une revanche à prendre. Cela m'a toujours semblé logique. Et surtout, elle avait l'air vraiment passionnée. L'univers de l'hôpital lui plaisait. Enfin, c'est ce qu'elle disait.

— Bien-sûr que son métier lui plaisait. Et surtout, elle était douée. Pas seulement techniquement, mais aussi humainement. On pouvait lui faire confiance. On lui faisait tous confiance d'ailleurs. Les patients appréciaient son écoute, sa douceur, sa bienveillance. Elle était très investie auprès d'eux et de leurs familles. Chacun de ses gestes était juste. Elle savait quelle était sa place et elle savait la tenir. Elle remplissait parfaitement bien son rôle.

— Mais ?

— Mais au fond, elle n'était pas faite pour cela. Elle était sensible, toujours à fleur de peau. Elle ne le montrait pas mais elle souffrait ici. Le quotidien est difficile dans un service de cardiologie. Comme dans les autres services d'ailleurs. On est confronté à la souffrance, à la mort, à la détresse psychologique. On doit assister les familles. Et souvent, on doit mettre sa propre vie de côté pour faire bonne figure. Parce que nous sommes en première ligne. Et que nous sommes réellement les seuls à pouvoir transmettre un peu d'espoir à nos patients. Juliette faisait cela très bien. Mais à quel prix... Elle était souvent très affectée par l'état ou la situation des patients. Elle s'attachait à eux, beaucoup plus qu'il ne l'aurait fallu. Bien qu'heureuse pour eux quand ils quittaient l'hôpital guéris, elle était triste de les voir partir. Alors quand ils mourraient, c'était dramatique. Elle a beaucoup encaissé pendant toutes ces années. J'ai toujours pensé que ce n'était pas bien pour elle. Juliette, elle était faite pour la musique. Tu le sais mieux que moi. C'était une passionnée. Une véritable artiste. Elle avait un don. Elle aurait dû persévérer, se lancer. Elle aurait dû...

— Accepter la proposition de ce Virgile Azarov ?

Arnaud leva les yeux vers Charles.

— Ah... tu es au courant.

— Oui, Manon m'a raconté leur... idylle.

— Hum. Je vois. Je suis désolé de te le dire, mais en effet, je pense qu'elle aurait dû accepter cette proposition. Bien-sûr, cela impliquait d'importants changements dans votre vie. Des déplacements, un emploi du temps chargé et irrégulier, la notoriété. Et puis il y avait aussi leur histoire d'amour. Si elle avait accepté, il y a fort à parier que votre couple n'y aurait pas survécu. Je sais que je suis dur avec toi là, mais je suis convaincu que cette proposition aurait tout changé pour elle. D'ailleurs, pour ne rien te cacher, je l'avais encouragée à l'accepter. Elle a hésité, mais elle a préféré privilégier votre vie. Votre couple. Votre confort. Et surtout, elle a voulu t'épargner. C'est par amour qu'elle l'a fait, tu peux me croire.

— Je ne comprends pas pourquoi elle ne m'en a pas parlé. Jamais je n'aurais refusé qu'elle abandonne son métier d'infirmière pour se lancer dans une carrière musicale.

— Tu n'en sais rien. C'est plus simple de dire ça maintenant. Mais à ce moment-là, es-tu certain que ta réaction aurait été la même. Rien n'est moins sûr. Et puis elle t'aurait dit quoi ? « Chéri, je suis tombée amoureuse d'un chef d'orchestre qui me propose de parcourir le monde avec lui pour jouer du violon ? » Sérieusement… Ce n'était pas possible. Soit elle te disait ce qu'il en était réellement et c'en était fini de votre histoire, soit elle se taisait et faisait une croix sur la musique. Et bien voilà, elle a choisi. Même si je pense que c'était une belle erreur.

— Une belle erreur… Tu y vas fort quand même. Elle était si malheureuse que ça avec moi ?

— Non, je n'irais pas jusque là. Ce qui est sûr, c'est qu'elle n'était pas elle-même.

— C'est-à-dire ?

— La routine, la petite vie tranquille, les amis de bonne famille. Ce n'était pas fait pour elle. Je crois qu'elle s'est laissée embarquer au nom de son amour pour toi. Elle aurait dû pouvoir vivre de la musique. Parcourir le monde, rencontrer son public, partager sa passion avec d'autres musiciens. Elle aurait eu besoin d'une vie moins réglée, moins citadine, plus bohème. Elle m'a dit à plusieurs reprises qu'elle aurait tout donné pour quitter Paris et s'installer à la campagne. Etre plus proche de la nature. Avoir une vie plus simple. Elle a toujours agi en fonction de ce qu'elle pensait que les autres attendaient d'elle. Elle a toujours mis les besoins des autres avant les siens. Y compris, et peut-être surtout, les tiens.

— Mais ce que je ne comprends pas, c'est qu'on a toujours fait ce qu'elle voulait. Les décisions, on les a prises ensemble. Je ne lui ai jamais rien imposé. On a décidé ensemble de vivre à Paris. Quand j'ai hérité de la maison, je n'ai pas eu besoin de la convaincre d'y habiter, bien au contraire. Elle l'a refaite à son goût. Elle l'a aménagée comme elle voulait. Quand on a acheté notre maison en Sologne, c'est vrai qu'elle était très heureuse. Elle s'est toujours beaucoup plu là-bas. Mais elle ne m'a jamais dit qu'elle aurait souhaité y vivre. Jamais. Et puis pour ce qui est des amis, ils ne sont pas tous de « bonne famille » comme tu dis. Nous en avons de tous les horizons.

— Peut-être. Il n'empêche qu'elle a développé des amitiés avec des personnes très différentes de votre cercle habituel. Manon par exemple. Ou d'autres ici, à l'hôpital. C'est un peu comme si elle s'était construit une vie en parallèle de celle qu'elle avait avec toi. Au final, les personnes à qui elle s'est le plus confiée, celles avec qui elle était vraiment elle-même, tu ne les connais pas, ou très peu.

— Ouais... Je ne sais pas.

Le dos vouté, les épaules tombant vers l'avant, la tête lourde, Charles accusait le coup.

Mais Arnaud n'avait pas terminé.

— Et puis Juliette était faite pour avoir une famille. Elle ne l'a pas eue.

— Oui, enfin pour le coup, c'était un vrai choix. On n'a jamais voulu avoir d'enfant.

— Tu n'as jamais voulu avoir d'enfant.

— Non. Et elle non plus.

Arnaud se tut. Charles vit ses mâchoires se crisper.

— C'est là que tu te trompes. Elle rêvait d'avoir des enfants. Seulement elle ne le pouvait pas.

— Quoi ? Mais qu'est-ce que c'est que cette histoire ?

— Quand elle a essayé de tomber enceinte et qu'elle voyait que cela ne fonctionnait pas, elle était très inquiète. Elle craignait de ne pas pouvoir, d'être stérile en somme. Elle a voulu passer des examens pour en avoir le cœur net. Et le verdict est tombé : c'était peine perdue. Les tests ont montré que ses chances d'avoir un bébé étaient quasi inexistantes. Tomber enceinte aurait relevé du miracle. Elle n'a pas eu le courage de te l'avouer. D'abord parce qu'elle avait décidé de passer les tests sans t'en parler. Ensuite parce qu'elle avait peur que tu la rejettes. Une femme stérile, incapable d'avoir des enfants... C'était inconcevable pour elle. Comme elle sentait bien que tu ne tenais pas à fonder une famille à tout prix, elle a préféré se taire et te faire croire que, comme toi, elle ne voulait pas d'enfant. J'ai tenté de la convaincre de te dire la vérité car j'étais convaincu que c'était une grosse erreur, mais elle n'a rien voulu savoir. Elle a préféré continuer ainsi, peut-être aussi pour se convaincre que c'était un choix et non le destin qui avait décidé pour elle.

— Non mais ce n'est pas possible... Ce n'est pas possible...

Charles laissa tomber sa tête entre ses mains.

— Je suis désolé...

— Mais comment a-t-elle pu me cacher une chose pareille ?

Arnaud secoua la tête.

— Je t'avoue que je n'en sais rien. Moi aussi ça me dépasse.

Charles était désespéré. Tout s'écroulait. Son bonheur, ses années paisibles passées aux côtés de celle qu'il aimait, ses certitudes. C'était comme s'il avait vécu avec une imposture. C'était atroce.

— Mais j'imagine qu'on aurait pu essayer par d'autres moyens ? La médecine prévoit bien des protocoles spécifiques dans ces cas-là non ? Et puis on aurait pu adopter ! Tu as dit que ses chances étaient quasi inexistantes. Ça ne veut pas dire nulles. On aurait pu persévérer ! Pourquoi a-t-elle baissé les bras ? Pourquoi n'a-t-elle pas voulu continuer ?

— Oui, c'est bien cela, ses chances étaient quasi inexistantes. Mais bien que très infimes, elles existaient.

Arnaud s'était imperceptiblement figé. Il était visiblement de plus en plus mal à l'aise.

— Tu sais quelles étaient ses chances ?

— C'est difficile à dire. Sans doute impossible à quantifier. Mais elle le pouvait oui...

Charles observa le médecin. Il ne bougeait pas d'un millimètre. Seul l'extrémité de son index tapotait nerveusement le bois usé du bureau.

— Qu'est-ce qu'il y a ?

Arnaud ne répondit pas tout de suite.

Il était évident qu'il hésitait.

C'était mauvais signe.

Charles se mit à transpirer.

Arnaud releva les yeux.

— Elle est tombée enceinte il y a deux ans.

— Quoi ? Tu te fous de moi là ?

— Malheureusement non.

— Mais qu'est-ce que c'est que ce délire ?

— Je sais.

— Mais… Mais… Elle ne m'a rien dit ! Elle ne m'en a jamais parlé !

Arnaud ne répondit pas.

— Elle a perdu le bébé c'est ça ?

— Non, ce n'est pas tout-à-fait ça.

— Elle n'était pas vraiment enceinte alors ? Ça arrive ça. On croit que c'est bon et puis finalement non, il n'y a rien.

— Non Charles. Ce n'est pas ça.

Charles se redressa sur sa chaise.

— Mais c'est quoi alors ? Bon Dieu Arnaud, parle !

Les quelques secondes de silence lui parurent une éternité.

La réponse tomba comme un couperet.

— Elle a avorté.

Sous le choc, Charles resta pétrifié.

— Hein ?

— Tu as bien entendu, elle a avorté.

— Non mais attends, je ne comprends pas là. Tu viens de me dire qu'elle voulait un enfant. Elle tombe enceinte et elle avorte ? C'est quoi ce délire ?

Le doigt d'Arnaud s'agitait de plus belle.

Il s'était maintenant mis à se tortiller sur sa chaise.

— Elle a avorté parce que cet enfant… Cet enfant n'était pas de toi.

— Oh putain…

Arnaud crut que Charles allait tourner de l'œil. Il était devenu blanc comme un linge. La sueur dégoulinait sur son front. Il s'était cramponné au fauteuil, comme pour ne pas tomber. Il respirait avec peine, en faisant un bruit sourd.

— Charles ? Ça va ?

Pour toute réponse, Charles se leva dans un mouvement si violent qu'il envoya valser le fauteuil. Il ouvrit la porte d'un geste brusque et la balança de toutes ses forces. Il sortit en trombe du bureau, laissant Arnaud le doigt en l'air, en suspension au-dessus de son bureau, interdit.

Le médecin se demanda s'il n'était pas allé trop loin. Peut-être aurait-il dû se taire. Il s'était bien douté que cette partie de l'histoire serait trop difficile à supporter. Mais au stade où ils en étaient tous, il pensait que Charles devait savoir, et puis surtout, il lui avait promis la vérité.

Il se leva pour se mettre à la poursuite de Charles et tenter de le raisonner. Il contourna son bureau puis se ravisa. Le choc avait dû être sacrément rude. Il avait sans doute besoin d'être seul pour évacuer. Arnaud espérait juste qu'il n'allait pas faire n'importe quoi. Inquiet, il hésita encore à partir à la recherche de Charles. Il choisit à nouveau de le laisser seul. Il redressa le fauteuil qui avait été projeté au sol, fit quelques pas dans son bureau, se posta à la fenêtre pour observer le parking jonché de feuilles mortes, se gratta nerveusement le cuir chevelu, puis reprit place derrière son bureau. Il s'enfonça dans son fauteuil et soupira.

Il était infiniment triste. Désormais, il ne reverrait plus Juliette. Il savait que cela arriverait un jour, mais il n'était pas prêt. Quant à Charles, il avait conscience qu'en lui faisant toutes ces révélations, il allait le blesser à jamais. Il aurait pu choisir de se taire. Mais il pensait que Charles avait le droit de savoir. Qu'après toutes ces années partagées avec Juliette il méritait la vérité. Et puis il était également convaincu que le fait d'ouvrir les yeux sur ce qui s'était passé ferait inévitablement avancer Charles, même si cela impliquait de passer par une phase horriblement douloureuse. Il connaissait peu l'époux de son amie, mais il avait foi en l'être humain. Il savait que l'on peut se relever de tout. Que chaque épreuve, aussi difficile soit-elle, contient en elle un trésor caché. Miser sur le fait que Charles s'en sorte après toutes ces épreuves relevait du pari, mais Arnaud voulait y croire. Il n'avait pas su aider Juliette, alors il se devait de faire réagir Charles.

Plusieurs minutes s'étaient écoulées et Charles n'était pas revenu. Soit il était parti pour de bon, soit il errait encore dans les couloirs de l'hôpital. Il était sérieusement en colère quand il avait quitté le bureau. Arnaud commençait à craindre qu'il ne parvienne pas à se contrôler. Et s'il faisait un scandale dans l'hôpital ? Et si, de rage, il se mettait à tout casser ? S'il s'en prenait à quelqu'un ? Ou s'il avait décidé d'en finir ? Arnaud était bien placé pour savoir qu'un choc émotionnel pouvait entraîner des réactions désastreuses. Il fallait à tout prix éviter qu'il ne commette l'irréparable. Il fallait le retrouver, le calmer, tenter de le raisonner.

Alors qu'Arnaud se levait pour partir à la recherche de Charles, ce dernier fit irruption dans le bureau. Tel une tornade, il traversa la pièce à toute vitesse et se jeta dans le fauteuil.

— OK. Ce gosse n'était pas de moi. Je suppose qu'il était d'Azarov ?

Arnaud ne put retenir un soupir de soulagement.

— Où étais-tu passé ?

— Réponds-moi !

— Heu… oui c'est ça.

— Quel connard ! Je n'y crois pas.

— Ça ne sert à rien de…

— Ça ne sert à rien de quoi ? Ma femme me trompe, elle tombe enceinte, elle avorte. Tout ça dans mon dos je te rappelle. Alors oui, ça sert à quelque chose d'essayer de comprendre il me semble ! J'ai quand même le droit de m'énerver ! Merde à la fin !

— Oui, bien-sûr. Bien-sûr que tu as le droit de t'énerver. Ta colère est on ne peut plus légitime.

— « Ta colère est on ne peut plus légitime », répéta Charles en mimant Arnaud. Non mais tu es sérieux là ? Putain mais je suis pas en colère ! Je suis fou de rage ! Je deviens dingue ! Dingue ! Dingue ! Je vais péter un plomb ! Plus ça va plus ça devient n'importe quoi. Ma femme avait un amant, elle raconte à tout le monde qu'elle a une vie pourrie, qu'elle n'est pas heureuse, que son métier qu'elle a choisi n'est pas celui qu'elle aurait voulu faire. Elle me dit qu'elle ne veut pas de gosse, et puis finalement elle en veut. Elle apprend qu'elle est stérile. Evidemment elle ne me dit rien. Et puis elle tombe enceinte, d'un autre que moi bien-sûr. Elle avorte, et tant mieux soit dit en passant ! Sauf qu'elle avorte alors que soi-disant elle veut des gosses. C'est complètement con mais bon. Elle raconte sa vie à des gens que je ne connais pas et qu'elle prend bien soin de me cacher. Bref, elle se foutait de ma gueule allègrement et tout le monde trouvait ça normal. La pauvre petite Juliette. Elle était tellement malheureuse. Mais merde enfin ! Elle était assez grande pour me dire ce qui n'allait pas il me semble ! Je ne l'ai jamais obligée à faire quoi que ce soit que je sache ! C'est quoi ce délire ? C'est trop facile de tout me mettre sur le dos. Les décisions, on les a prises à deux. Notre vie, on l'a décidée à deux. Elle m'a toujours dit qu'elle ne voulait pas d'enfant, qu'elle aimait Paris, qu'elle aimait notre maison, qu'elle se sentait bien avec moi, qu'elle était contente de recevoir nos amis, qu'elle aimait son job, qu'elle était heureuse quoi ! Si c'était à ce point, pourquoi elle ne m'a rien dit ? Hein ? Pourquoi ?

Arnaud ne bronchait pas. Il savait qu'il était inutile de tenter d'argumenter.

— Je vais te dire pourquoi moi ! Parce qu'elle n'en a jamais eu le courage. En vrai c'était une lâche. Je viens de le comprendre aujourd'hui. Elle était lâche. Elle n'a jamais eu les couilles de me dire tout ça. Elle a préféré me faire porter le chapeau. « Pauvre Charles, il ne peut pas vivre sans moi. Pauvre petit mari, si je pars que va-t-il devenir ? » Ah oui, ça c'est sûr que c'était plus facile de faire semblant de se sacrifier pour mieux me balancer la faute sur le dos. La grande classe quoi. Et puis c'est sûr qu'il y avait du monde pour l'écouter et pour la plaindre. C'était tellement facile. Si j'avais su… Si j'avais su…

Tout en parlant, Charles s'était avancé vers Arnaud. Il était maintenant assis sur le bout des fesses, les avant-bras posés sur le bureau, le visage tendu, les yeux hargneux. Arnaud n'avait pas bougé d'un pouce, faisant tout son possible pour garder son calme et ne pas en rajouter. L'air était électrique.

— Si tu avais su… Que veux-tu dire par là ?

Charles ne répondit pas.

Il dévisagea Arnaud. Comme s'il le voyait pour la première fois. Comme si toutes les réponses à ses questions se trouvaient là, dans ce visage impeccablement rasé et ces yeux lavande. Puis il se jeta à nouveau en arrière et son dos vint taper violemment le dossier du fauteuil.

— Rien. Laisse tomber.

Arnaud l'interrogea du regard.

— Laisse tomber. Je ne sais plus ce que je dis.

Arnaud soupira doucement.

— Quoi qu'il en soit, on ne peut pas dire qu'elle manquait de courage. Je pense qu'elle nous l'a suffisamment démontré.

Charles ne le contredit pas. Il savait de quoi il parlait. Et pour le coup, ça remettait en question toute sa théorie.

— Je voudrais tellement pouvoir revenir en arrière. Si tu savais…

— Je comprends.

— Je ne sais pas comment je vais me sortir de tout ça.

— Laisse-toi du temps. Tout ne va pas se régler en un claquement de doigts.

— Hum…

— Même le pire passe avec le temps.

Ils demeurèrent quelques minutes ainsi, sans prononcer un mot, dans un silence absolu.

Chacun dans sa tristesse.

Chacun dans ses remords.

Chacun dans ses regrets.

Tous deux pensaient à Juliette.

Il n'y avait plus rien à dire.

Quel gâchis…

Arnaud espérait qu'elle était enfin heureuse.

Charles aurait tout donné pour pouvoir tout recommencer.

Après un long moment, Charles leva à nouveau les yeux vers l'autre côté du bureau.

— Arnaud, pour tout te dire, je sais que j'aurais besoin de te poser des questions sur le reste. Tu sais… enfin, tu vois quoi. Je sais que toi tu pourrais y répondre. Mais c'est trop tôt pour moi. Je crois que je n'ai pas encore bien réalisé. C'est comme si je croyais qu'elle allait revenir. Que c'était juste un moment à passer. Une mauvaise passe. Un coup de tête qui fait qu'elle a besoin de disparaître quelques jours ou quelques semaines et qu'elle va réapparaître comme par magie. J'ai beau savoir que ce ne sera pas le cas et que je vais devoir m'habituer à son absence, je crois que je n'arrive pas encore à l'accepter.

Arnaud sourit doucement, plus détendu, d'un sourire paisible qui monta jusqu'à ses yeux.

— C'est normal. N'importe qui à ta place serait dans le même état. Tu traverses une phase de déni qui va durer un certain temps. Tu en traverseras d'autres ensuite. Le chemin sera long c'est certain. Mais tu finiras par aller mieux. Laisse-toi le temps de digérer, d'accepter. Il n'y a que le temps pour apaiser les choses. Cela ne sert à rien de forcer. Tu me poseras tes questions quand tu seras prêt. Je serai là pour y répondre. Tu peux compter sur moi.

Charles baissa les yeux pour qu'Arnaud ne puisse pas voir que les larmes menaçaient.

— OK. Merci.

Il renifla discrètement. Sans doute par réflexe.

Il se leva.

— Je vais te laisser.

— Que vas-tu faire ?

— Je ne sais pas.

Arnaud tenta un sourire qui ressemblait plus à une grimace qu'à autre chose.

Ils se serrèrent la main.

Un peu plus longuement qu'ils ne l'auraient fait en temps normal.

Puis Charles tourna les talons et sortit dans le couloir.

Il marcha lentement, sans se retourner. Arnaud le suivit des yeux le cœur lourd, jusqu'à ce qu'il ait complètement disparu.

Chapitre 18

17 octobre – Une heure plus tard

Charles se gara au pied de l'immeuble. Il se pencha au-dessus du siège passager pour regarder le bâtiment. C'était un immeuble cossu, typique de ceux que l'on trouve tout au long des avenues du seizième arrondissement. Rien à voir avec le quartier de Manon. Ici tout respirait l'ordre, la propreté, l'argent. Comme quoi les façades d'apparence irréprochables peuvent cacher bien des gouffres...

En quittant l'hôpital, il avait rejoint sa voiture stationnée sur le parking situé juste sous le bureau d'Arnaud. Sans s'en apercevoir, il s'était garé sensiblement à la même place que quelques semaines auparavant, quand lui avait pris l'idée de suivre Juliette. Elle avait bien un amant, mais il comprenait maintenant que le puzzle était dans le désordre le plus absolu. La discussion avec Arnaud avait fait renaître sa colère, mais aussi sa tristesse, son désespoir. Il savait qu'il s'approchait de la fin.

Pourtant, il lui restait une dernière chose à faire. Une dernière personne à voir. Ensuite, et seulement ensuite, la boucle serait bouclée.

Au chaud dans sa voiture, au milieu des allées et venues des patients, des soignants et des familles, et pourtant si seul, il avait pensé à Rémi. Il aurait aimé que son frère l'appelle maintenant, comme il l'avait fait la première fois. Juste pour lui dire qu'il était là, qu'il pensait à lui, qu'il n'était pas seul. Charles aurait pu lui téléphoner, mais il n'avait pas parlé à Rémi depuis la découverte de la lettre. Rémi ne savait rien, et lui raconter allait être douloureux. Il préférait encore se sentir seul au monde et attendre d'avoir repris un peu de courage pour tenter d'expliquer l'indicible.

Il avait démarré, entré dans le GPS l'adresse obtenue la veille au soir après des recherches désespérées, et avait pris la direction de l'ouest parisien.

Il descendit en vitesse vérifier que le nom qu'il cherchait figurait bien sur les sonnettes et reprit son poste d'observation.

Maintenant il allait attendre.

Il n'avait aucune idée du temps qu'il lui faudrait rester ici, dans sa voiture, à guetter chaque entrée et chaque sortie. Il n'avait rien de plus important à faire. Alors il allait s'armer de patience.

Il était prêt à attendre aussi longtemps qu'il le faudrait.

***

Trois heures plus tard, une silhouette approchant dans la rue attira son regard. L'homme venait droit vers lui. Charles se redressa sur son siège, aux aguets. La démarche souple et ferme, le pas décidé, la tête haute, l'homme respirait l'assurance. Quand il s'approcha, Charles pu détailler son pantalon de toile moutarde ajusté, son trench noir noué dans le dos, son foulard gris négligemment noué autour du cou. Dès qu'il fut suffisamment près, Charles le reconnut. Les mêmes lunettes que sur les photos. Les mêmes cheveux un peu en bataille. Les mêmes yeux verts étourdissants. La même stature.

Il sortit en trombe de la voiture.

— Virgile Azarov ? Demanda-t-il en se jetant presque sur l'homme.

— Heu… Oui. Bonjour.

Charles ne répondit pas. Il ne pouvait s'empêcher de le scruter avec si peu de délicatesse que cela en devenait impoli.

— Qui êtes-vous ? On se connaît ?

— Non. Je suis le mari de Juliette.

Virgile Azarov eut un mouvement de recul qu'il contrôla immédiatement.

— Je vois. Je vous le dis tout de suite, c'est fini avec Juliette, elle m'a quitté.

— Je sais.

Virgile fronça les sourcils.

— Alors que faites-vous là ?

— J'ai des choses à vous dire. Et j'ai des choses à comprendre.

— Des choses à me dire ? Comment ça ?

— Oui. Je pense que vous devriez savoir ce qui s'est passé depuis qu'elle vous a quitté.

— C'est-à-dire ? Vous m'inquiétez là.

— Nous n'allons pas parler dans la rue. Je vous propose de venir avec moi dans ma voiture. Je vous expliquerai.

Virgile hésita. Cet homme avait toutes les raisons du monde de lui vouloir du mal. Et pourtant, avec sa mine affreuse et son air désespéré, il faisait presque pitié.

Il céda.

— Allons chez moi si vous le voulez bien. J'habite juste ici. Nous serons plus au calme.

Charles acquiesça.

— Très bien. Je vous suis.

Virgile attrapa ses clefs et précéda Charles pour ouvrir la porte de l'immeuble. Ils pénétrèrent tous les deux dans le hall impeccable et abondamment garni de plantes vertes. La porte se referma dans un bruit glaçant et sur une tension animale entre les deux hommes de Juliette.

Les deux hommes de sa vie.

***

Deux heures plus tard...

La porte s'ouvrit sur le visage livide de Charles. Il s'était mis à pleuvoir. Une bruine d'automne accompagnée d'un vent glacial. Il dut s'en apercevoir car il hâta le pas jusqu'à sa voiture. Il s'y engouffra et souffla un grand coup. Les deux dernières heures avaient été éprouvantes. D'abord animé par la colère, Charles s'était montré plutôt agressif. Il avait balancé deux ou trois vérités à la tête de Virgile qui était parvenu à garder son calme, toujours parfaitement stoïque. Ne trouvant pas écho en son adversaire, Charles avait bien dû se calmer. Ils avaient ensuite parlé normalement, si tant est que l'on puisse avoir une attitude normale en pareilles circonstances. Charles avait découvert un homme intelligent, posé, réfléchi, cultivé, bienveillant. Il avait même pensé que s'ils s'étaient rencontrés dans une autre situation, ils auraient sans doute pu devenir amis.

En apprenant ce que Charles avait à lui dire, Virgile avait violemment accusé le coup. Il avait tenté de faire bonne figure mais son corps trahissait son ressenti à chaque seconde. Charles pouvait lire le chagrin dans les yeux de l'ex-amant de sa femme. Au début il s'en était réjoui. Il était conscient que c'était malsain mais il n'y pouvait rien. L'esprit de vengeance avait ensuite laissé place au désarroi, voire à la compassion. Finalement, ils étaient tous les deux dans le même bateau. Ils allaient devoir affronter les mêmes épreuves, la même tristesse, le même sentiment d'abandon.

Ce qui stupéfia Charles fut le fait que Virgile n'ait jamais su que Juliette était tombée enceinte. Ce fut Charles qui le lui apprit. Virgile eut l'air dévasté par cette révélation. Il y avait fort à parier qu'il lui faudrait beaucoup de temps pour encaisser. Finalement, Juliette avait peu parlé de son mari à son amant, ce qui n'était pas plus mal. Elle avait bien cloisonné ses deux vies qui ne se ressemblaient que très peu.

Alors que Charles avait pensé se défouler sur celui avec qui sa femme l'avait trompé pendant plusieurs années en ayant même envisagé lui casser la figure, il avait découvert un homme sensible, sincèrement attaché à Juliette, qui ne lui voulait aucun mal, qui n'avait aucune rancœur, et qui n'éprouvait pas le moindre sentiment de jalousie.

Alors que Charles avait été convaincu que Virgile lui avait volé le cœur de Juliette, cette discussion lui avait fait comprendre que cela n'avait jamais été le cas. Depuis tout ce temps, le cœur de Juliette était partagé en deux. Quoi qu'elle ait pu tenter pour faire le tri dans ses sentiments, quoi qu'elle ait pu penser, quoi qu'elle ait pu vouloir, quel qu'ait été son niveau de souffrance, elle n'avait pas pu.

Jamais elle n'avait pu choisir.

Charles mit la clef dans le contact et la tourna. Il alluma le chauffage. Il avait froid. Il était épuisé. Cette conversation l'avait achevé.

Comme il l'avait pressenti en se rendant chez Virgile, cette dernière explication lui avait permis d'en finir avec ses doutes. Désormais il avait compris. Pas le comportement de Juliette, ni sa logique, mais ce qui s'était passé. Tout ce qui était arrivé. C'était à la fois dramatique et affreusement banal. Il comprenait maintenant qu'il s'était trop longtemps laissé enfermer dans un confort trompeur. La vie s'était chargée de lui rappeler qu'elle attendait de lui plus que cela.

Il démarra.

Il avait été malmené ces dernières semaines.

Il savait qu'à partir de ce jour il ne serait plus jamais le même.

Alors maintenant, il était temps de faire la paix.

Chapitre 19

Le feu crépitait dans la cheminée, répandant une chaleur timide dans la maison glacée. Le verre de vin rouge posé sur la table basse scintillait à la lueur des flammes. Le silence absolu envahissait chaque seconde. L'air était plus doux, plus calme, enfin plus paisible.

Charles était arrivé une heure plus tôt, de retour pour de bon dans leur maison de Sologne. En sortant de chez Virgile, il était rentré dans leur maison parisienne, leur maison d'artiste dans laquelle ils avaient vécu tant de belles années. Sous la pluie automnale, dans la tornade de feuilles mortes, la maison lui était apparue soudainement affreusement sinistre. C'était sans doute l'absence de Juliette, et le fait de savoir qu'elle n'y reviendrait pas, qui avaient provoqué ce ressenti. Il était entré dans la maison comme chez des inconnus. Il avait balayé le salon d'un regard froid, sans compassion. Il n'y avait vu que du passé, des regrets, des mensonges, une imposture.

Il avait attrapé une feuille blanche et un stylo noir. Il avait rédigé sa lettre de démission qu'il avait glissée dans une enveloppe. Puis, il avait attrapé les trois valises stockées dans un placard, ainsi que quatre sacs de voyage. Il les avait remplis d'affaires, de tout et de rien, patiemment, en réfléchissant à ce qui lui était indispensable d'emporter. Il avait ensuite vidé le réfrigérateur, coupé l'eau et l'électricité, et avait donné un dernier tour de clef dans la serrure de la maison.

Sa décision avait beau ressembler à un coup de tête, c'était maintenant clair, lui aussi partait.

Il avait rempli le coffre de la voiture, les sièges arrière et même le siège passager avec tous ses bagages. Il avait posté sa lettre sans aucun regret et il avait pris l'autoroute, direction la Sologne.

Il n'avait plus rien à faire à Paris.

Désormais, sa vie était ailleurs.

Il se leva pour prendre sa veste qu'il avait accrochée sur une chaise du salon. Il fouilla dans la poche droite et en sortit la lettre de Juliette. Il prit un coussin du canapé et le posa à même le sol, devant la cheminée. Il avait besoin de la relire une dernière fois.

Il ouvrit l'enveloppe, en extirpa d'une main tremblante les feuilles noircies par l'écriture serrée de Juliette, prit une grande inspiration et se lança.

« Charles, mon amour,

Quand tu liras cette lettre, je serai partie. Partie pour ne plus revenir.

Je te demande pardon. Pardon de t'avoir caché la vérité, de t'avoir fait souffrir, de t'avoir fait vivre cela. Je sais que j'aurais pu faire autrement, que nous aurions pu traverser cette épreuve ensemble, mais je n'en ai pas eu le courage. Si j'ai cru hésiter, je sais qu'au fond de moi ma décision était prise depuis le début. Je crois que j'ai eu peur que ce soit trop lourd pour toi. Maintenant que tu connais la vérité, j'espère que tu me comprendras.

Aujourd'hui je te quitte. Je sais que tu redoutais ce jour, tout comme j'ai toujours eu peur que tu partes loin de moi. Tu sais, je n'imaginais pas à quel point il me serait difficile de respecter ce choix. Le fait que ce soit moi qui parte n'atténue rien de ma douleur ni de ma culpabilité de te laisser seul.

Ce jour où tu as trouvé les rendez-vous dans mon agenda, j'ai su que je ne pourrai jamais te dire la vérité. Pas de vive voix. Pas comme ça. J'ai pensé que tu ne le supporterais pas. J'ai beaucoup réfléchi ces derniers jours, et avec le recul, je me dis que j'ai peut-être eu tort. Que c'était sans doute parce que je n'étais finalement pas assez forte pour supporter ta douleur. Que je t'ai peut-être sous-estimé. Je ne sais pas. Je ne sais plus. Quoi qu'il en soit, et quoi qu'il m'en ait coûté, j'ai assumé mon choix jusqu'au bout.

J'ai fait beaucoup d'efforts pour te cacher ce qui allait devenir mon secret. Je me suis demandée à plusieurs reprises à quel point tu avais remarqué mes changements de comportement. Mon besoin d'éloignement, mes moments de solitude, mon envie de passer du temps en famille ou entre amis qui s'amenuisait. Jusqu'à mon souhait de retourner en Normandie. Tout cela n'a pas semblé t'interroger, ce qui m'a rassurée, prouvant ainsi que mes efforts pour te cacher la vérité n'étaient pas vains. Mais le fait que tu n'aies rien vu m'a surprise, et même un peu attristée. En vérité, ceux auprès desquels on vit finissent par ne plus voir que l'image qu'ils se sont faite de nous. Notre vraie vie leur échappe. Ils ne voient plus nos rêves et les envies de changement qu'ils nous inspirent. Ils ne voient que l'image de celui ou de celle qu'ils ont aimé. Et nous, nous n'avons pas échappé à la règle.

Tu avais raison Charles, je t'ai trompé. Je ne dirai rien à son sujet, ni son nom, ni son adresse. Cela ne servirait à rien. J'ai aimé cet homme. Parce qu'il était différent de toi. Il était chef d'orchestre, il était passionné de musique, il m'admirait et il admirait mon talent. Avec lui tout était possible. Il m'a offert un morceau de vie qui n'était pas envisageable avec toi. Avec lui, le violon prenait enfin toute sa place. Avec lui je devenais l'artiste que j'ai toujours rêvé d'être. Avec lui c'était enfin vrai.

Seuls Manon et Arnaud connaissaient notre relation. Manon m'a beaucoup épaulée. Je sais que tu ne l'as jamais beaucoup appréciée mais tu te trompes dans ton jugement. C'est une fille très sensible avec de nombreuses qualités humaines. Elle a toujours été présente pour moi. Je lui en serai éternellement reconnaissante.

Je suis profondément désolée de t'avoir blessé, crois-moi, et je sais que tu auras beaucoup de mal à comprendre, mais de mon point de vue, je ne faisais rien de mal. Jamais il n'a pris ta place. Je t'ai toujours aimé. Je vous aimais tous les deux, différemment. Vous avoir tous les deux était mon équilibre. Je sais que tu m'en voudras, mais c'est ainsi, et je n'y peux rien.

J'en reviens à ce jour où tu m'as trouvée dans le salon, mon sac sur les genoux. Tu avais raison, j'avais bien caché quelque chose. Mais ce n'était pas mon agenda. Ce n'était pas un message, ni un rendez-vous. Ce que j'ai caché n'avait rien à voir avec cet homme. Ce que j'ai caché était un courrier. Un courrier qui m'avait été remis le matin même et qui a fini de faire basculer ma vie. Quand je l'ai eu, je savais ce qu'il contenait. J'en avais l'intuition. Je l'ai mis dans mon sac et je suis allée travailler. Ce n'est qu'à l'heure du déjeuner que j'ai eu le courage de l'ouvrir. Et comme tu le sais maintenant, je ne m'étais pas trompée. Je ne sais plus si j'ai pleuré. Je suis allée frapper à la porte d'Arnaud qui était le seul à qui je m'étais confiée à ce sujet. On a longuement discuté. Et j'ai pris la décision de disparaître. Etonnamment, faire ce choix n'a pas été difficile. C'était sans doute le seul que je pouvais envisager vraiment.

En revanche, la suite a été compliquée. Je n'ose pas imaginer à quel point ce mois de mensonges a dû être atroce pour toi. Je m'en veux chaque jour d'avoir choisi de t'infliger cela. Mais crois-moi, pour moi, il a ressemblé à l'enfer. Je n'aurais jamais imaginé qu'il soit si difficile de te cacher un tel secret. Et malgré tout cela, si c'était à refaire, je ne changerais rien. Car jamais je n'aurais accepté de te laisser me voir mourir.

Mon premier malaise a eu lieu à l'hôpital. C'était fin juillet. La tumeur a été découverte rapidement. Le fait qu'elle soit cancéreuse aussi. A ce stade, elle était encore petite et opérable. A cet endroit-là du cerveau, c'était compliqué, mais pas infaisable. J'ai bataillé pour ne pas être opérée immédiatement. C'était important pour moi. Je voulais passer des vacances sereines avec toi. En profiter vraiment. Comme si j'avais compris qu'elles seraient les dernières. Tu sais que malgré toutes ces années à voir des centaines de patients entrer et sortir des blocs opératoires, j'ai toujours eu peur de ne pas me réveiller après une anesthésie. L'opération n'avait pas l'air d'être si urgente. Personne n'avait prévu que la tumeur grossirait si vite. J'étais suivie de près. Et d'ailleurs, les rendez-vous que tu as vus dans mon agenda correspondaient à tous mes examens médicaux. Alors j'ai fait comme si de rien n'était. Pour avoir l'illusion que tout était comme avant et que tout était encore possible. J'ai eu des moments de fatigue intense que je me suis efforcée de te cacher. Tu les mettais sur le dos de mes gardes de nuit et ça m'arrangeait bien. J'ai eu d'affreux maux de tête. J'ai tenu en me gavant d'antidouleurs. Nos quelques jours en Normandie ont été particulièrement éprouvants. Au-delà du plaisir de retourner sur les pas de mon enfance, j'avais compris inconsciemment que je n'y reviendrais plus. La nuit où tu m'as trouvée en larmes dans notre chambre d'hôtel, je n'arrivais plus à surmonter mon angoisse. La peur de devoir partir un peu trop tôt, l'affreuse sensation de ne pas avoir accompli l'essentiel, la culpabilité, les regrets. C'était trop. Tu as cru que la Normandie était responsable de mon chagrin. Tu avais en partie raison. Mais la douleur était immensément plus profonde.

Les quelques jours passés ici cet été, dans notre maison, m'ont fait beaucoup de bien. J'étais apaisée, sereine, à ma place. J'aurais aimé que ces instants durent toujours... Le dernier soir, lors de notre dîner chez Marie et Thomas, j'ai compris que jamais je n'aurais le courage de te dire la vérité. J'étais pleine de sentiments contradictoires. J'avais peur. Vraiment très peur. Des semaines à venir, de l'opération, de l'éventualité que ce soit plus grave que prévu. J'avais très peur de mourir. J'étais aussi très fatiguée. Et triste. Tu vas sans doute trouver cela très étrange, mais à ce moment-là, j'étais heureuse. Malgré la peur. Malgré ce qui m'attendait. J'étais heureuse parce que j'étais avec toi, dans cet endroit qui me ressemble tant.

Quand nous sommes rentrés, les nouveaux examens ont montré que la tumeur avait grossi de manière inhabituelle. Elle devenait incontrôlable. L'équipe qui m'a suivie a beaucoup hésité. Ils m'ont tout de même proposé l'opération, tout en m'alertant sur les énormes risques qu'elle comportait, et surtout sur ses très maigres chances de succès. Arnaud a creusé le problème dans tous les sens. Ce n'était pas sa spécialité mais il a interrogé les meilleurs. Il a déplacé des montagnes pour moi. J'ai passé des tonnes d'examens. Quand j'y pense... Je lui dois tant... Malheureusement, c'était trop tard, il n'y avait plus rien à faire. J'étais condamnée.

J'ai beaucoup réfléchi. Il me restait peu de temps à vivre. Probablement même encore moins que ce que les médecins m'avaient annoncé au vu de l'exceptionnelle virulence de ma tumeur. L'avenir était plus que sombre, fait tout au plus de quelques semaines dans un lit d'hôpital. Je commençais à aller de plus en plus mal. Les symptômes s'aggravaient à une vitesse vertigineuse. J'avais des maux de tête atroces, j'ai commencé à avoir des nausées, parfois je ne parvenais presque plus à écrire. J'étais épuisée, j'avais quelquefois du mal à marcher et des troubles de la vision ont également fini par s'installer. Honnêtement, je ne sais pas comment j'ai pu réussir à te cacher tout cela. J'imagine que le fait que tu sois pris par l'inauguration de ton exposition t'a permis de ne pas vraiment y attacher d'importance. Surtout ne t'en veux pas. Dis-toi que c'est ce que j'ai voulu.

Tu l'as maintenant compris. J'ai décidé d'abréger mes souffrances. Pour moi, pour toi, pour la famille, et aussi pour cet homme que j'ai quitté sans jamais lui dire la vérité. Je ne pouvais pas supporter l'idée de mourir à petit feu, sous les yeux de ceux que j'aimais. Alors j'ai préféré partir. J'ai tout préparé. J'ai téléphoné à Marie. Je l'ai prévenue de mon arrivée en lui faisant promettre de ne rien te dire. J'ai démissionné de l'hôpital, en confiant à Arnaud le soin que rien ne transparaisse ni auprès de mes collègues, ni à l'extérieur. Le jour de l'inauguration de ton exposition, j'ai pris quelques flacons de morphine dans le stock du service. Je t'ai retrouvé dans ce café de la rue Soufflot. Je savais que c'était la dernière fois. J'avais décidé de ne rien laisser paraître, de tout faire pour que ce moment soit le plus beau possible pour toi, pour nous deux. Je suis tellement fière de toi Charles. Si tu savais à quel point... Cette soirée a été magique. Je suis heureuse qu'elle ait été la dernière avec toi.

Le lendemain matin je me suis levée très tôt pour être sure que tu dormirais encore quand je partirais. J'ai pris quelques affaires ainsi que mon dossier médical que j'avais caché dans le tiroir de ma table de nuit. Tu dormais profondément. Je me suis assise sur notre lit et je suis restée longtemps près de toi. Je t'ai regardé dormir. Je me suis même allongée contre toi pour sentir une dernière fois ta chaleur. J'avais le cœur déchiré. C'était atroce. Et puis je t'ai embrassé, mille fois. Tu dormais toujours aussi profondément. Je suis partie sur la pointe des pieds. Ce n'est qu'en me retrouvant dans la rue que j'ai craqué. J'ai pleuré en marchant, dans le métro, jusqu'à la gare. Je n'ai jamais cessé de penser à toi, à ton inquiétude quand tu aurais compris que j'avais disparu. J'ai pris le train et Marie est venue me chercher à l'arrivée. Quand je lui ai tout raconté, elle a tout tenté pour me faire changer d'avis. C'est important que tu le saches car elle n'a absolument rien à voir dans ma décision. Arnaud non plus. Il était au courant de ce que j'allais faire, je le lui avais dit. Lui aussi a tout fait pour m'en dissuader. Mais j'étais décidée. Rien n'aurait pu me faire reculer.

Depuis que je suis ici j'ai beaucoup réfléchi. Depuis toujours je suis convaincue que rien n'arrive pas hasard. Que même si les choses ne sont pas écrites, chaque bonheur et chaque épreuve sont là pour nous enseigner une part de vérité.

Peut-être que j'ai trop vécu. Peut-être que la vie me punit d'avoir trop enfreint les règles. Mais peut-être aussi qu'elle me montre que j'ai eu tort. Tort de ne pas avoir décidé plus tôt de ma vie. Tort de l'avoir trop subie. D'avoir trop accepté. De ne pas avoir eu le courage d'être vraiment moi-même. J'ai tenté de le faire, maladroitement. En vous ayant tous les deux, toi, mon mari, mon amour de toujours, et lui, cet homme que tu dois désormais appeler mon amant, mais qui a été mon autre amour. Je sais que j'aurais dû choisir. Mais je n'ai pas pu. Sans doute que je ne l'ai pas voulu. Et tu vois, la vie a décidé de le faire pour moi. De mes deux amours il ne me reste plus rien. Plus que le souvenir de nos moments partagés. Plus que les instants de bonheur que nous avons vécus.

Je pars avec des regrets. De ne pas avoir eu la vie dont je rêvais. Ou plus exactement de ne pas avoir eu le courage de construire cette vie qui était faite pour moi.

Alors j'aimerais te demander une seule chose. Une seule.

Quand le dernier jour viendra, j'aimerais que tu sois fier de ce que tu as accompli. J'aimerais que, contrairement à moi, tu ne partes qu'avec des joies. J'aimerais que tu me promettes que tu vas enfin faire ce qu'il faut pour vivre la vie que tu veux. Celle que tu mérites. Celle qui est cachée là, tout au fond de ton cœur.

Cesse de vivre petit Charles. Cesse d'avoir peur. Cesse de te dévaloriser. Grandis. Prends ton envol. Tu n'es plus ce petit garçon qui devait obéir à ses parents. Tu as du talent. Tu es unique. Tu es toi.

Promets-moi de tout faire pour vivre cette vie dont tu rêves tant.

Elle est là, elle te tend les bras.

Tu n'as plus qu'à la saisir.

Promets-le moi.

Une dernière chose mon amour. Ne me cherche pas. Je vais mourir demain d'une overdose de morphine. Je m'endormirai doucement. Je ne sentirai rien. Ni la douleur, ni la peur qui m'étrangle depuis plusieurs semaines. Ne cherche pas mon corps. Tu ne le trouveras pas. Ne demande pas à Marie ni à Thomas car eux non plus ne sauront rien. Je reposerai dans la nature, là où je suis si bien, là où je suis en paix. Ne me cherche pas. Garde une belle image de moi.

Il me reste à te dire au revoir. Ou plutôt adieu.

Je pars avec le souvenir de notre rencontre, de nos premiers instants, de notre mariage, de nos moments de bonheur ici et ailleurs. Je pars avec ton amour dans le cœur, avec la sensation de tes mains sur ma peau et de tes bras autour de moi. Je pars avec ton odeur que j'aime tant et le souvenir de tes lèvres sur les miennes. Je pars avec cette certitude que tu étais celui qu'il me fallait, même si le courage m'a manqué pour te dire ce dont j'avais vraiment besoin. Le pire dans tout ça, c'est que tout au fond de moi, je sais que tu m'aurais suivie.

Je t'aime Charles.
Et quel que soit l'endroit où je serai à partir de demain, je t'aimerai
toujours.
Prends soin de toi.

Juliette. »

Les joues baignées de larmes, Charles releva la tête et tendit son visage vers le feu. Il essuya d'un revers maladroit de la main l'eau salée qui ruisselait de ses yeux. Il tremblait. Comme hier, et comme plus tôt dans la journée. Mais c'était différent. Cette fois, la peine l'avait emporté sur la colère. Le chagrin avait vaincu le désir de vengeance. A présent, il réalisait que la fureur et la volonté de savoir à tout prix avaient tout emporté sur leur passage. Maintenant qu'il avait compris ce qu'il en était réellement, la tristesse l'envahissait.

Avant ce jour, il n'avait jamais vraiment pensé au fait que Juliette puisse mourir avant l'heure. Elle était près de lui, il l'aimait, tout était normal. Maintenant qu'elle n'était plus là, l'abîme le guettait. Il ne savait pas encore s'il allait sauter dedans pour s'abandonner au tourbillon de la détresse, ou s'il allait lutter pour ne pas être aspiré. Pour être honnête, il se demandait comment il pourrait un jour se reconstruire, et même s'il le pourrait tout court.

Charles se refusait à penser aux derniers instants de l'amour de sa vie. Il ne voulait pas l'imaginer seule, épuisée de morphine, attendant le néant. Il ne voulait pas penser à sa peau qui avait dû frissonner de peur et de froid au milieu d'on ne savait quel endroit désert. Il ne voulait pas voir ses yeux dans lesquels il avait si souvent plongé se remplir de larmes et de terreur à l'approche de son dernier souffle. Non, il ne voulait pas imaginer tout cela. Il luttait de toutes ses forces contre ces images qui le hanteraient encore longtemps…

Arnaud avait raison, Juliette ne manquait pas de courage. Sa mort en était la preuve. Elle avait choisi de les quitter pour leur épargner la souffrance de la voir partir. Certains devaient certainement considérer que c'était de l'orgueil. Pas Charles. D'autres devaient penser que le suicide était lâche. Pas Charles. Il ne voyait qu'une seule chose : elle était morte seule, fière contre la maladie.

Charles pensa à Rémi. Il se dit qu'il était maintenant temps de lui téléphoner. Ce soir il était tard, et surtout il n'en avait pas le courage. Quelques heures de plus n'y changeraient rien. Demain il appellerait son frère, le reste de sa famille et leurs amis. Car c'est bien ce qu'on fait quand les gens meurent n'est-ce pas ? Et ensuite il verrait. Il n'avait aucune idée de ce à quoi les prochains jours ni même les prochaines heures allaient ressembler. Il n'avait plus envie de rien, si ce n'est de s'endormir pour de bon et ne plus penser.

S'abrutir de sommeil pour anesthésier la torture.

Et ne plus rien ressentir.

Comme Juliette.

Chapitre 20

8 mai – Près de deux ans plus tard...

Les tomates cerise, les concombres et les carottes découpés en bâtonnets, les radis, les pistaches, les mini saucissons, les biscuits au sésame et ceux au parmesan... Tout avait l'air parfait. A priori, il n'avait rien oublié. Charles disposa les ramequins sur la table couverte d'une nappe jaune pâle et repartit chercher le plateau chargé de verres. Quand il ressortit de la maison, il fut ébloui par le soleil qui passait juste au-dessus des grands arbres du fond du jardin. La météo était exceptionnelle pour un début mai. Il n'était pas loin de dix-huit heures et il faisait encore très chaud. Ce n'était d'ailleurs pas pour déplaire à Charles qui pouvait ainsi dresser le couvert dans le jardin en vue de son dîner en bonne compagnie. Il fit un nouvel aller-retour dans la maison pour vérifier la cuisson de son rôti de veau aux échalotes. A en croire l'odeur alléchante qui s'échappait du four, tout portait à croire que l'essai serait à nouveau transformé. Charles avait délibérément choisi de préparer ce plat ce soir car c'était celui que Marie préférait. Il l'accompagnerait d'une purée maison qu'il avait déjà préparée et d'une bonne bouteille de Volnay qu'il devait d'ailleurs penser à ouvrir un peu à l'avance. Sans vouloir se vanter, Charles aurait pu dire qu'il était devenu un bon cuisinier. Il avait toujours aimé la cuisine. Quand Juliette était encore là, c'était lui qui préparait les dîners quand ils recevaient. Mais à l'époque, il naviguait toujours entre les mêmes recettes, des sortes de best-sellers de son livre de cuisine. Jamais il ne se risquait à se lancer dans des tests. Il avait trop peur de les rater et de servir un plat médiocre à leurs invités. Aujourd'hui c'était différent. Il appréciait les nouvelles aventures culinaires. Il aimait découvrir de nouvelles saveurs ou de nouveaux mélanges. Et il aimait partager ses expérimentations avec ses amis, Marie et Thomas, qui ne refusaient jamais une nouvelle dégustation, même s'ils n'étaient pas toujours tendres avec le résultat des tentatives de Charles.

Marie et Thomas... Il leur devait tant.

C'était Marie qui avait accompagné Juliette dans ses derniers jours, ses derniers instants. C'était elle qui avait encaissé, qui avait soutenu son amie envers et contre tout. C'était elle qui avait été là pour Charles quand il était rentré de Paris pour de bon après avoir fait toute la lumière sur la vie cachée de Juliette. Elle l'avait écouté, soutenu, consolé. Ils avaient pleuré ensemble, de deux chagrins différents, mais unis par une même peine. Pendant de longues semaines, elle lui avait préparé ses repas et veillé à ce qu'il en avale au moins un peu. Elle avait fait les lessives, nettoyé la maison, fait le tri dans les affaires de Juliette. Il avait plongé dans le noir absolu, un noir duquel Marie avait craint qu'il ne revienne jamais…

Quand Charles avait commencé à refaire surface, elle l'avait bousculé. Gentiment au début, puis plus directement ensuite. C'était grâce à elle qu'il avait décidé de se consacrer pour de bon à la photographie. Un beau jour, il était ressorti. Avec Thomas. C'était un jour d'avril, six mois après la mort de Juliette, en début d'après-midi. Ils étaient partis marcher après le déjeuner qu'ils avaient pris en compagnie de Marie. Ils avaient traversé un premier champ, puis un deuxième, puis un troisième. Ils étaient ensuite passés par la forêt et avaient rejoint un lac qui se trouvait à quelques kilomètres de là. Et puis ils avaient dû faire le chemin inverse pour rentrer fourbus, courbaturés mais heureux. Ce soir-là, pour la première fois après ces longs mois de déchirement, Charles avait bien dormi. Il avait passé une nuit sans cauchemar, sans se réveiller en sursaut avec le souffle coupé. Le lendemain, il avait exhumé son appareil photo de ses cartons et il était parti à pied, avec la ferme intention de se perdre dans la campagne alentours pour en rapporter quelques clichés. Il n'avait plus fait que cela pendant plusieurs semaines, comme si la photographie pouvait le tirer de l'abîme dans lequel il s'était laissé tomber depuis la mort de Juliette. C'était d'ailleurs ce qu'elle avait fait.

Sur l'insistance de Marie, et aussi un peu sur celle de Rémi, il avait adressé ses meilleures images à quelques agences reconnues. Sans retour, il avait tenté le tout pour le tout en envoyant celle qu'il considérait comme la plus réussie à un photographe de renom, tête d'affiche d'une belle agence. Contre toute attente, le type lui avait répondu le lendemain en lui donnant rendez-vous deux jours plus tard dans un café parisien. Charles n'avait pas hésité une seconde. Il s'était rendu au rendez-vous le cœur battant avec la conviction qu'il n'avait rien à perdre. S'en était suivi un contrat avec l'agence et le début d'une solide amitié avec ce photographe qu'il n'aurait jamais imaginé pouvoir approcher. Depuis, il se consacrait à sa passion, alternant des reportages et des travaux plus artistiques. Cette activité lui imposait de quitter régulièrement la région pour plusieurs jours, ce qui n'était pas pour lui déplaire. Il retrouvait toujours avec bonheur sa maison, leur maison, celle que Juliette avait tant aimée.

Il avait profité de l'argent tiré de la vente de leur maison parisienne et de tous les meubles qui s'y trouvaient pour procéder à quelques aménagements dans celle de Sologne qu'il avait rendue plus confortable et plus fonctionnelle. Il avait improvisé un atelier dans la chambre qu'il n'occupait pas et qui, comme l'autre, s'ouvrait au moyen d'une large et belle fenêtre sur le jardin abondamment arboré.

Il avait également mis à profit ces longs mois pour faire le tri dans ses relations. Il ne voyait plus que certains de leurs anciens amis, la plupart d'entre eux n'ayant pas compris ses nouveaux choix de vie, les autres s'étant éloignés petit à petit, sans véritable raison, certainement à cause de la disparition brutale de Juliette dont ils ne savaient pas comment parler. Contre toute attente, il s'était rapproché de Manon à qui il était allé présenter ses excuses quelques mois après leur rencontre chez elle. Elle les avait accueillies avec simplicité et humilité. Depuis, ils se téléphonaient régulièrement. C'était pour eux l'occasion d'évoquer quelques souvenirs de Juliette dont Charles parvenait maintenant à parler sans rancœur et sans sanglot dans la voix.

En revanche, il n'avait pas su garder le contact avec Arnaud. Non pas que le médecin soit désagréable ou trop radicalement différent de lui, mais malgré tous ses efforts, il ne parvenait à pas à lui pardonner de lui avoir caché la maladie de Juliette. C'était d'ailleurs étonnant car Marie avait elle aussi gardé le secret. Mais sans vraiment savoir pourquoi, Charles considérait que c'était différent. Cependant, il devait bien reconnaître qu'Arnaud avait eu raison sur un point : le temps effaçait presque tout. A présent, penser à Juliette était devenu doux. C'était comme si les mois écoulés depuis sa mort avaient peu à peu mis un voile sur la douleur. Comme s'il ne restait à présent que les souvenirs heureux. Même morte il l'aimait encore. Il était d'ailleurs à peu près sûr qu'il l'aimerait toujours. Mais cet amour était maintenant d'un autre ordre. Presque mystique. Ou spirituel. C'était rassurant de penser à elle. Réconfortant aussi. Et ça, c'était bien.

Quant à ses parents, ils n'avaient toujours pas digéré son changement de vie. C'était prévisible, mais il s'en fichait. Ils n'avaient pas apprécié que leur fils vende sa maison du 14ème qu'ils considéraient toujours comme la leur. Ils ne comprenaient pas non plus comment il avait pu vouloir vivre à la campagne, ni qu'il puisse se consacrer à la photographie qu'ils ne considéreraient jamais comme un vrai métier. Sur ce point-là aussi, Charles avait obéi aux dernières volontés de Juliette et n'avait maintenant cure de ce que ses parents pouvaient dire ou même penser. Certes il lui avait fallu plus de quarante ans pour s'affranchir de leur regard et de leur opinion, mais qu'est-ce que ça faisait du bien ! Et puis Rémi et Sophie l'avaient soutenu dans cette prise de recul, ce qui l'avait grandement aidé. Ils venaient souvent lui tenir compagnie pour des week-ends dans le jardin ou au coin du feu selon la saison. La complicité avec son frère s'était renforcée, ce qui leur faisait plaisir à tous les deux. D'ailleurs, Rémi et Sophie s'apprêtaient à débarquer quelques jours plus tard pour un week-end prolongé qui s'annonçait joyeux. La dernière lubie de Rémi, qui considérait que Charles était maintenant prêt pour cela, était de le caser. Cela faisait maintenant plusieurs semaines qu'il lui envoyait des photos prises à la volée de collègues, amies ou vagues connaissances qu'il imaginait pouvoir faire office de nouvelle âme sœur. Sauf que Charles n'était pas prêt, et qu'il avait autre chose en tête. Ou plutôt quelqu'un d'autre. A force de se rendre au marché chaque samedi, il avait fini par discuter avec une jeune femme qui vendait du fromage. Ils étaient allés prendre un café, puis deux, puis trois. Ils avaient échangé leurs numéros et se téléphonaient de temps-en-temps. Elle s'appelait Laëtitia. Elle était blonde, avec les cheveux courts et des formes généreuses. Elle était plus jeune que lui, et sans doute plus drôle aussi. Il se sentait bien avec elle et visiblement, c'était réciproque. Ils passaient de bons moments ensemble. C'était court, enfantin, sans questionnement. Charles n'avait aucune idée de ce que cela donnerait et il s'en fichait pas mal. Il profitait de l'instant présent et ça lui allait bien. Pour la suite, il verrait plus tard.

Le téléphone sonna. Il hâta le pas jusqu'à la maison pour finir par décrocher in extremis. C'était Marie qui lui demandait à quelle heure ils étaient attendus. Il lui proposa de le rejoindre aux alentours de dix-neuf heures et ne voulut rien lui dire sur le menu qu'il avait concocté. Elle rit de ses cachotteries et raccrocha en lui promettant d'apporter une fournée de biscuits au citron qu'elle venait de terminer.

Il sourit et, tout en se dirigeant vers le jardin, s'arrêta sur le seuil de la porte. Il balaya du regard le spectacle qui s'offrait à lui. La nature offerte toute entière, une jolie table autour de laquelle se retrouveraient bientôt des amitiés sincères, une vie simple et passionnée.

Un drame qui avait laissé place à une vie mieux remplie.

Des choix qui l'avaient transformé.

Un tri qui lui avait permis d'y voir plus clair.

Des rayons de soleil dans le ciel.

Des rayons de soleil dans le cœur.

Des rayons de soleil toujours là, même derrière les nuages.

La certitude que le pire est derrière soi.

La certitude que, quoi qu'il arrive, demain sera encore plus beau.

Parce que malgré les peines, malgré les tristesses, malgré les douleurs, la vie l'emporte toujours.

Et si la mort de Juliette lui avait appris une chose, c'était que quoi qu'il arrive, c'est nous qui avons notre destin entre nos mains. Ce ne sont pas les autres ni ce qu'ils pensent. Ce ne sont pas les circonstances. Ce n'est pas notre famille. Ce n'est pas la société. Ce n'est pas la maladie. C'est à nous de choisir, à nous d'agir, à nous de prendre des risques. C'est à nous d'oser. Et ce n'est qu'à ce prix que nous pouvons rencontrer le bonheur.

Du même auteur :

Les tartelettes au citron

Ne sois pas trop sage

Restons en contact :

emilieleboulaire@gmail.com

Emilie Le Boulaire – auteur

Emilieleboulaire